你不必完美

NI BUBI WANMEI

培养孩子良好心态的故事全集

吉林美术出版社 全国百佳图书出版单位

图书在版编目(CIP)数据

你不必完美：培养孩子良好心态的故事全集 / 崔钟雷主编.
—长春：吉林美术出版社,2010. 2
（家藏天下）
ISBN 978 - 7 - 5386 - 3816 - 5

Ⅰ. 你… Ⅱ. 崔… Ⅲ. 故事 - 作品集 - 世界 Ⅳ. I14

中国版本图书馆 CIP 数据核字(2010)第 004462 号

策　　划:钟　雷
责任编辑:栾　云

你不必完美：培养孩子良好心态的故事全集

主　编:崔钟雷　　副主编:王丽萍　刘　超　石冬雪

吉林美术出版社出版发行

长春市人民大街 4646 号

吉林美术出版社图书经理部(0431 - 86037896)

网址:www.jlmspress.com

北京海德伟业印务有限公司

开本 787×1092 毫米　1/16　印张 15　字数 200 千字

2011 年 1 月第 2 版　2013 年 3 月第 3 次印刷

ISBN 978 - 7 - 5386 - 3816 - 5

定价：29.50 元

前言

　　春华秋实，岁月无痕。时光的飞逝，为我们的人生留下了许多宝贵财富，太多的记忆、太多的情感，让我们始终无法释怀；太多的感动、太多的追求，使我们久久不能遗忘。人生的旅途漫长遥远，我们在饥渴的时候，都会找一碗心灵鸡汤来果腹；在疲惫的时候，都会找一个灵魂的港湾来休憩。为此，我们精心编写了本套《家藏天下》系列丛书，让你的人生旅途不再彷徨与烦恼。

　　细细品读每一则故事，就像喝一杯陈年老酒，需要慢慢啜饮，渐渐懂得每个故事所蕴涵的生活意义。它们或许会使你领悟到生活的真谛，或许会使你以新的视野和方式去观察大千世界，芸芸众生。那些飞扬的青春、动人的情感、奋进的力量，以及令人震撼的生命本性的跃动，如清风拂过心田，如春雨滋润心灵，在不知不觉中，净化自己，感动自己，使你做一个善良的人，做一个感动别人的人。

　　本套丛书精心选编了多篇名家名作，文字优美，内涵深刻，用心去感受，你会发现每个故事都能从不同方面洗涤自己的头脑与灵魂，使你更有信心地去追寻梦想与未来。当你面临挑战、挫折和困惑之时，这本书会给予你力量；当你感到无助、迷茫和失落之际，这本书会给予你慰藉。它会成为你终生的益友，在你展翅高飞的时候，永远指引着你去努力开创属于自己的一片天空。

目录

每天都有彩虹

让心灵解冻

寻找你的未来

锻造生命的铁

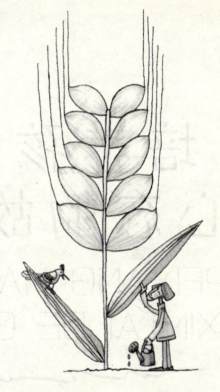

培养孩子良好心态的故事全集

PEIYANG HAIZI LIANGHAO
XINTAI DE GUSHI QUANJI

每天都有彩虹

　　希望本身就是一只美丽的风车，如果想让风车转动起来，必须依靠风。但风不是时时刻刻都有的，它就像人生的机遇，稍纵即逝。

散步的心灵

马 德

一天，哲学家率领诸弟子走到街市上，整个街市车水马龙，叫卖声不绝于耳，一派繁荣兴隆的景象。

走出一程后，哲学家问弟子："刚才所看到的商贩当中，哪个面带喜悦之色呢？"

一个弟子回答道："我经过的那个鱼市，买鱼的人很多，主人应接不暇，脸上一直漾着笑容……"弟子的话还没有说完，哲学家便摇了摇头说："为利欲的心虽喜却不能持久。"

哲学家率众弟子继续往前走，前面是一大片农舍，鸡鸣桑树，犬吠深巷，三三两两的农人来回穿梭忙碌着。哲学家打发众弟子四散开去。过了一段时间之后，哲学家又问弟子，刚才所见到的农人之中，哪个看起来更充实呢？

一个弟子上前一步，答道："村东头有个黑脸的农民，家里养着鸡、鸭、牛、马，坡上有几十亩地，他忙完家里的事情，又到坡上侍弄田地，一刻也不闲着，始终汗流浃背，这个农民应该是充实的。"哲学家略微沉吟了一阵子，说："来源于琐碎的充实，终归要迷失在琐碎当中，这个农民也不是最充实的。"

一行人继续往前走，前面是一面山坡，坡上是云彩般的羊群。一块巨石上，坐着一位面容憔悴的老者，他怀里抱着一杆鞭子，正在向远方眺望。哲学家随即止住了众弟子的脚步，说："这位老者游目骋怀，是生活的主人。"众弟子面面相觑，心想："一个放羊的老头，可能孤苦无依，衣食无着，怎么能是生活的主人呢？"哲学家看了看迷惑不解的众弟子，朗声道："难道你们看不到他的心灵在快乐地散步吗？"

是啊，真正自由而尊贵的生命，是懂得让心灵散步的生命。正像哲学家所解释的，金钱不会给我们带来持久的愉悦，琐碎的生活也常常会束缚我们的手脚，只有让生命卸去一切挂碍，抛开一切羁绊，让灵魂在平旷的四野自在而放松地漫步，活出的才会是诗意的人生啊。

也许有时候，这个生命会陷于物质的困顿，精神的外围也是一片平庸，可是他却懂得时时刻刻去放逐自己的灵魂，化成一片散淡的云，自由地飘在空中，化成一叶扁舟，轻松地漂在水中。因为他知道，只有拥有了心灵的自由和轻松，生命才从本质上获得了富有和尊贵。

也就是说，一个人只有在心灵散步的时候，疲惫的生命才真正地回了家！

 感悟

为了功利而喜形于色，盲目地陷入日常琐事中的人并不是生活充实的人。让心灵自在漫步，心无羁绊地自由驰骋，遇山为云，遇谷为水，在清澈空灵的境界中回归人性的至真至纯，才能称得上是一次快乐的心灵旅行。

蔷薇的启示

张玉庭

一

路边开满了带刺的蔷薇花，三个步行者打这里路过。

第一个脚步匆匆，他什么也没看见。

第二个感慨万千，叹了口气："天！花中有刺！"

第三个却眼睛一亮："不，应当说刺中有花。"

第一个人挺麻木，他看不到风景；第二个人挺悲观，风景对于他没有意义；至于第三个嘛，是个乐观主义者。

那么您呢，您是哪一个？

二

路边的蔷薇热烈地开着，三个人走了过来，入迷地看着。

第一个欣喜若狂，伸手就摘，结果手被刺出鲜血。

第二个见此情景，赶紧缩回了正想摘花的手。

第三个则小心翼翼地伸出手来，把其中最漂亮的那一朵摘了下来。

当晚，三个人都做了个梦：第一个人被梦中的刺吓得大喊救命，第二个人对着梦中的蔷薇无奈地叹着气，第三个人则被花的明媚簇拥着，在梦中，他听到了蔷薇的笑声。

三

老师在上课，津津有味地讲着蔷薇。

讲完了，老师问学生："你最深刻的印象是什么？"

第一个回答："是可怕的刺！"

第二个回答："是美丽的花！"

第三个回答："我想，我们应当培育出一种不带刺的蔷薇。"

多年之后，前两个学生都无所作为，唯有第三个学生以其突出的成就闻名远近。

感悟

生命中充满了艰难险阻，拥有乐观的态度、正确的方法、远大的抱负，是成功的必要条件。所以，不要因为蔷薇的尖刺而放弃摘取美丽，让我们巧妙地摘下生命中那朵心爱的蔷薇吧！

P*013*

浮生若茶

李雪峰

茶叶因沸水才能释放出深蕴的清香，生命也只有遭遇一次次挫折，才能留下人生的幽香……

一个屡屡失意的年轻人千里迢迢来到普济寺，慕名寻到老僧释圆，沮丧地对老僧释圆说："像我这样屡屡失意的人，活着也是苟且，有什么用呢？"

老僧释圆如入定般坐着，听着这位年轻人的叹息和絮叨，什么也不说，只是吩咐小和尚说："施主远道而来，烧一壶温水送过来。"小和尚喏喏着去了。

少顷，小和尚送来了一壶温水，释圆抓了一把茶叶放进杯子里，然后用温水沏了，放在年轻人面前的茶几上，微微一笑说："施主，请用茶。"年轻人俯首看看杯子，只见杯子里微微地散发出几缕水汽，那些茶叶静静地浮着。年轻人不解地询问释圆说："贵寺怎么用温水冲茶？"

释圆笑而不语，只是示意年轻人说："施主请用茶吧。"年轻人只好端起杯子，轻轻呷了两口。释圆说："请问施主，这茶可香？"

年轻人又呷了两口，细细品了又品，摇摇头说："这是什么茶？一点茶香也没有呀。"释圆笑笑说："这是名茶铁观音啊，怎么会没有茶香？"年轻人听说是上乘的铁观音，又忙端起杯子吹开浮着的茶叶呷两口再三细细品味，放下杯子仍肯定地说："真的没有一丝茶香。"

释圆微微一笑，吩咐小和尚说："再去膳房烧一壶沸水送过来。"小和尚又喏喏着去了。少顷，小和尚便提着一壶壶嘴吐着浓浓白汽的沸水进来。释圆起身，又取一个杯子，抓了把茶叶放进去，稍稍朝杯子里注了些沸水，放在年轻人面前的茶几上，年轻人俯首去看杯子里的茶，只见那些茶叶在杯子里上上下下地沉浮，随着茶叶的沉浮，一丝细微的清香便从杯子里溢出来。

嗅着那清清的茶香，年轻人禁不住想去端那杯子，释圆微微一笑说："施主稍候。"说着便提起水壶朝杯子里又注了一些沸水。年轻人再俯首看杯子，见那些茶叶上上下下沉沉浮浮得更加杂乱了。同时，一缕更醇更醉人的茶香袅袅地升腾出杯子，在禅房里轻轻地弥漫着。释圆如是注了五次水，杯子终于满了，那绿绿的一杯茶水沁得满屋生香。

释圆笑着问道："施主可知道同是铁观音，却为什么茶叶迥异吗？"年轻人思忖说："一杯用温水冲沏，一杯用沸水冲沏，用水不同吧。"

释圆笑笑说，用水不同，则茶叶的沉浮就不同。用温水沏的茶，茶叶就轻轻地浮在水上，没有沉浮，茶叶怎么会散逸它的清香呢？而用沸水冲沏的茶，冲沏了一次又一次，茶叶沉了又浮，浮了又沉，沉沉浮浮，茶叶就释放出了春雨的清幽、夏阳的炽烈、秋风的醇厚、冬霜的清洌。世间芸芸众生，又何尝不是茶呢？那些不经风雨的人，平平静静地生活，就像温水沏的淡茶一样平静地悬浮着，弥漫不出他们生命和智慧的清香；而那些栉风沐雨、饱经沧桑的人，坎坷和不幸一次又一次袭击他们，就像被沸水沏了一次又一次的酽茶，他们在风风雨雨的岁月中沉沉浮浮，于是像沸水一次次冲沏的茶一样溢出了他们生命的清香。

是的，浮生若茶。我们何尝不是一撮生命

的茶？而命运又何尝不是一壶温水或炽烈的沸水呢？茶叶因为沸水才释放出了它们奉身深蕴的清香。而生命，也只有遭遇一次次的挫折和坎坷，才能留下我们人生的幽香！

感悟

不知败者便无从言胜。不经历一次又一次的挫折和打击，生命的精彩和潜力就会被永远埋没。所以，是做一杯无味的茶，还是做一杯香气四溢的茶，需要我们自己选择。

幸好还有梦想

王丽萍

如果不是在美国，如果不是身在匹兹堡，我根本感受不到那里的人们对橄榄球的热衷、痴迷、忘情、疯狂……那个星期天的下午，我来到匹兹堡郊区格林斯堡小镇附近的沃尔玛，我被吓住了，偌大的一个超市里，几乎没有人，我穿行在货架中，因为没有人，竟然感到恐怖和怪异了！突然，一个老人叫住了我："嘿！你为什么不看比赛！你应该穿Steelers 的衣服！"

哦，那天是匹兹堡钢人队和丹佛队比赛，结果匹兹堡钢人队赢了！

第二天在书店看书，陌生人都会笑着跟你说："Go Steelers!"四下里一看，哈！人人身上都是黑底黄字或者黄底黑字的衣服，大写道："加油！""我们爱你！""我们爱 Ben!"据说，那 Ben 是球队的灵魂人物，是大家的英雄。

星期天，我来到匹兹堡，在市中心的广场，汽车已被禁止通行，无数的人潮水般涌来，两边的街道都被卖各种 Steelers 道具的包围。挤上去一看，果然丰富！印有球队标志的 T 恤，短袖的，20 美金一件，抢着买都买不到。看看领口上的商标，是中国澳门生产的。所有的衣服，印着 7 号的最抢手；一个小熊，因为穿了件球队的衣服，30 美元一个；挥舞用的拉拉队三角旗，要 10 美元；还有花样百出的围巾、茶杯、迷

你橄榄球、口哨、项链等等。有一家五口引起了我的注意，爸爸和三个儿子的脸上，都画了球队的符号，妈妈更搞笑，戴了顶夸张的高帽子，脖子上竟然画着她崇拜的球星！

哦！这是怎样的疯狂和痴迷啊！当晚看新闻，一个男人几乎带着哭腔对着镜头说："我们要赢！我们一定要赢！"而报纸上的标题是："幸好我们还有梦想"。

在接下来的日子里，我住的格林斯堡小镇，也为之骚动起来。平日里文质彬彬的人们，都穿上了球队的衣服。姐姐所在的匹兹堡大学，破天荒地希望老师们也穿上球衣，给球队加油；姐夫所在的公司，老板真诚地恳求道："如果大家愿意，就加入进来吧，我们一起为 Steelers 加油！"更有忠减的球迷，卖掉了汽车，只为有钱可以飞到底特律换张入场券。

离开小镇的前一大，我被邀请到美国人布兰恩家做客。一开门，我克制不住地笑出了声。他们一家四口，身上、头上、脖子上，统统都是 steelers 的装备！就连他家小狗的颈圈，也是典型的黄黑相间的球队标志。工程师布兰恩问我："难道你在中国就没有喜欢和支持的球队吗？"我犹豫了一下，说："我支持我们上海的足球队。"

布兰恩说，在钢铁工业衰败后，匹兹堡已经很多年没有如此激动和沸腾了。他说："我们已经整整 26 年没有赢得总冠军了，在星期天的比赛里，我们要赢，这是我们的梦想！幸好我们还有梦想！"

在回国的第二天，我看见了新闻，上面这样写道："第四十届 NFL（美国职业橄榄球联赛），匹兹堡钢人队夺得冠军。"耳边突然响起了布兰恩的话："幸好还有梦想！"

有梦想的人，是幸福的。

感悟

没有梦想的人就像船在海上航行没有方向一样，漫无目的。心无所托的人生只能是碌碌无为、暗淡无光的，所以，请鼓足勇气，坚定信念，为你心中的梦想去奋斗吧！那样的人生才有意义。

希望是一只美丽的风车

古保祥

有位哲人说过："生命原本是一个不断受伤又不断康复的过程。"因此，每每想起往事，我的心中总会充满莫名的感慨，许多回忆像微笑一样，带着一份阳光般的温暖和感伤，让人难以忘怀。

18岁那年，我没能冲上那座梦想了几千个日日夜夜的独木桥，望着桥上那些意气风发的同窗好友，我的心剧烈地疼痛着。

有一个星期，我始终活在高考失利的阴影下，索性关了门，谢绝所有的人，包括我的父母亲，一个人躲在自己的小屋里暗自垂泪。那时候，我觉得上天对我太不公平了，为什么那么多人都冲过了最后的关口，而比他们优秀的我却跌倒在战场上？一向自信的我，从来没有受过如此的打击，难道命运是如此捉弄人，注定我终究走不出这生我养我却囿人视线的村落？

一天下午，可能父亲怕我闷坏了，要陪我去外面走走，我很不情愿地答应了。这么多天来，父亲从来没有责备过我，也没有像母亲那样苦口婆心地劝我。不高兴的时候，他只是一个劲儿地抽烟，一根接一根。

我们走在林边的小路上，父亲不说一句话，刹那间，我注意到父亲似乎苍老了许多。路边，一群小孩子正玩着风车，这种纸做的迎风转动的玩意儿是我小时候经常玩的玩具。由于没有风，我看见他们一个个哭丧着脸。父亲走到他们面前，问："你们为什么不玩风车？""没有风，风车不会转。"一个小孩稚嫩的声音。"我告诉你们，如果想要风车转动起来，你们不能在这儿等风，风是不会说来就来的，你们必须跑起来，你跑得越快，风车转得就越快……"父亲语重心长地对他们说，同时回过头看了我一眼。那几个孩子举着风车跑了起来，而那风车，由于受了外力的影响，转得越来越快，并伴着孩子的欢笑声渐行渐远。

我忽然明白了父亲的良苦用心，他用一个极平常的道理告诉我：不该这样沉沦下去。整日活在失败的阴影下，只会裹足不前。我需要的是跑起来，启动生命的风车，让它转动起来，这样，我才会有成功的可能。

原来，希望本身就是一只美丽的风车，如果想让风车转动起来，必须依靠风。但风不是时时刻刻都有的，它就像人生的机遇，稍纵即逝。在没有风的情况下，要让风车转动起来，唯一的办法就是跑起来，跑得越快，你就越接近成功的彼岸。

从那天起，我从迷惘中苏醒过来，重新拾起书本，走上了自考的道路。两年后，我拿到了自考的大专毕业证，那一刻，我泪流满面。

现在，我在舒适整洁的办公室里，想起父亲的话仍会泪盈满眶：要想让风车转起来，你自己必须先跑起来，你跑得越快，风车就会转得越快！

 感悟

要想转动命运的风车，就要迎着风奔跑；要想获得成功的人生，就要迎着困难前行。每一个梦想的实现都离不开艰苦奋斗的过程，向着梦想的方向努力奔跑，将失败甩在身后，你就会看到花在唱，草在笑，风车在轻舞。

没有借口

张丽钧

每年 8 月份，我们学校都要迎来一些当高考落榜生。他们是来复读的，我们常戏称之为"高四学生"。登记高考分数的时候，他们往往在讲出一个羞于开口的数字之后适时补充一句："今年没考好。"

每逢听到他们这样讲，我都忍不住追问一声："为什么？"答案五花八门：自己病了；家人病了；心情很糟；知了太吵；天气太热；不许如厕；笔是假货（高考答题卡限用正宗 2B 铅笔填涂）……我知道了，在这些落榜考生的眼里，自己是世上最值得怜惜的人，由于"瞎了眼"的命运女神无情地捉弄，才使得他们与一个本应兑现的梦失之交臂。

失败，无疑是一件让人痛心的事，但我们聪明地发明了一种镇痛良药——为失败找一个借口。小时候跌倒了，妈妈说：宝贝不哭，妈妈给你打这块破地，打这双坏鞋。就这样，我们的脚成了得意的功臣。大概就是从那个时候起，我们明白了有一种推卸很受用，有一种解脱很愉悦。于是，当那种锥心的疼痛再次袭来时，我们便乖巧地闪身，躲进了一个叫做"借口"的硬壳里，就像寄居蟹栖于螺壳中，在一方安谧的天地中冷眼旁观恶浪寒流又掀翻了谁人的梦想……

有一个故事，可以用来嘲笑那些擅长为自己编造借口的人：有这么一位仁兄，他天天到湖边去钓鱼。但不知什么缘故，他总也钓不到大鱼。钓友们讥笑他道：你闯进鱼儿的幼儿园去了吧？他脸红红的，却梗着脖子讲出了一个让人笑倒的缘由——你们懂什么！我家只有一口小锅，如何能煮得下大鱼哩！

　　哲人说：成功的路上尽是失败者。但我以为，那些失败者必缺少一种共同的素质——正视失败。正视失败就是不惧怕展示愚蠢，把生命中每一个失败的"蠢细胞"都展示在光天化日之下，不让它藏匿，不让它躲闪。命运举起皮鞭的时候，就让血肉之躯去承受，没有永远的螺壳做我们终身的避难所，让皮裂开，让肉绽开，让血淌下，让舌尖一点点舔着那露骨的腥咸，告诉自己：承受疼痛是为了作别疼痛，承认失败是为了永诀失败。

　　为了拥抱成功，请你去寻觅吧——寻觅路口、渡口、出口，但却不要再寻觅借口。

感悟

　　失败是生活给我们的成长机会，面对失败我们无须搪塞，无须感叹，应学会正确而勇敢地去面对它，从中寻找失败的教训，获取成长的智慧，这才是明智者的选择。

爱我所有

包利民

有三个人在旅途中相遇了，于是结伴而行，他们探讨着关于人生的话题，由于观点不同而引发了激烈的争辩，就算是在休息的时候他们的嘴也不闲着。这时一个老人走了过来，他侧耳听了一会儿，也没听出个所以然，于是问："你们吵什么呢？"三个人说："我们在争论对人生态度的问题，可是却产生了很大的分歧！"老人来了兴趣，说："好啊，你们挨个说说看，我给你们评评！"

甲第一个站起来说："我这个人什么都喜欢，看见别人有的东西我就要努力去得到。按理说我这应该算是一种很积极的人生态度了，可是我每天四处奔波，辛苦劳碌，却依然有太多的东西无法得到。我为此又累又烦恼，觉得生活没有乐趣可言，可是人活着不就是要不断地去追求吗？为什么这样的人生也会感觉疲惫呢？"

乙看了看老人，接着说："我和甲的情况不一样，他根本没有自己的主见，见别人有什么自己就想有什么，把自己的喜好建立在别人身上，当然会累了。我只去追求那些我自己喜欢的，我也的确是这样去做的，一开始我过得快乐而满足。可是随着时间的推移，我喜欢的东西越来越多也越来越难以得到，大概人的欲望就是这样膨胀的。所以我也过得不开心，觉得很累！"

老人看了看丙，问："你呢？你是不是也觉得活得很累呢？"丙笑着说："我觉得活得一点也不累，相反却充满了情趣。我不像他俩那样刻意去追求那些喜欢的东西，我只是顺其自然地去努力。我加倍地珍惜得到的每样东西，因为我曾为它们付出过努力，所以有时就算我无法得到一些东西，但一看到我所拥有的，也就没什么遗憾了。正是因为我珍惜已经拥有的，所以我一直活得很满足，而且生活充满了希望！"

老人听完他们的述说，微笑不已。三个人问他："老人家，你倒是给评评啊！"老人说："甲的人生态度看似积极，实则根本没有什么明确的人生目标，什么都爱，其实什么都不爱，忙到最后也不知到底是为什么而忙，所以活得不快乐。他的人生态度可以用四个字来概括，就是'我爱所有'。"甲闻言低头沉思了一会儿，深觉有理，不禁面有愧色。

老人看了看急切的乙说："你的人生态度也可以用四个字来概括：'有我所爱'。凡是你喜欢的你就要得到，就像你说的那样，欲望越来越多，自然是疲于奔命了。你这是典型的为物所役，活得很被动，所以活得累。"乙的脸上现出一副豁然开朗的神情，连连称谢。

丙笑着问："那我呢？"老人笑着说："你一直活得开心且充满希望，就不用我多说什么了。嗯，你的人生态度也是四个字，'爱我所有'，这是一种大智慧！"

三个人告别了老人，带着一种全新的心情踏上了远方的路。

感悟

> 珍惜所拥有的，珍惜现在，就是珍惜生命。如果付出无数的心血与汗水得到的东西，你却不知珍惜，那么一切都将是徒劳，你的付出也只不过是毫无意义的苦难的轮回。清点你的财富，好好去珍惜，那么你必将拥有一个无愧无悔的人生！

感知渺小

老 楷

我18岁当知青去开垦荒山。我们的知青集体有四十多人，同吃同住同劳动，因为年轻，无忧无虑，亲如兄弟姐妹。16岁的付文亮皮肤黑红，身板结实，能吃能睡，干起活来浑身蛮劲，打闹起来两个人都很难将他放倒，大家叫他"小水牛"。

"小水牛"从小失去父母成了孤儿，一位收入微薄的孤老太太收养了他。想必是小时候经常挨饿，他一吃就收不住嘴，终于在刚满17岁那年的春节，因胃穿孔抢救不及时死了。记得那是一个天气特别晴朗的早晨，男男女女四五十个知青轮换着将"小水牛"的棺木抬到一座大山的半山腰。下葬的时候，每一个人都失声哭了。我想，这不仅仅是因为一个朝夕相处、情同手足的伙伴突然之间离开人世而感到的悲痛，也是因为亲眼目睹了生命的脆弱而产生的莫名的恐惧。

初升的太阳散发出温暖和煦的金光，树枝和小草吐露出清新的嫩绿，南来的山风充盈着春天的气息。当一群大雁快乐地鸣叫着飞过头顶的时候，年轻的我们却把一个更年轻的生命从此永远地埋进了深深的黄土……就在那个特别晴朗的春天的早晨，我第一次深深地感知到生命的脆弱与渺小。

如果说，是上帝创造了人类的话，那么，上帝并没有同时赋予生命永恒和伟大，它仅仅给了我们每一个人一具由无数个细胞组合而成的会动的躯壳而已。正如法国哲学家帕斯卡所言："人不过是一根芦苇，在自然界中是最脆弱的……一股气流、一滴水，就是以杀死他。"但他同时又说："所以人的一切尊严就在于思想。我们如果跌倒后想再爬起，就要从这思想爬起，而不是从我们所无法填塞的空间和时间爬起。"

在转瞬即逝的生命历程中，人只有不断地去感知生命的脆弱与渺小，才能不断地去建设和完善精神与思想的家园，以此去获得生命的尊严。

 感悟

在自然界里，每一个生命都是渺小而脆弱的。面对未知的强大的外界，我们会有发自本能的恐惧和对恐惧的抗争。正因如此，不懈的拼搏才使我们拥有了立足于世的资本。

内心的平安才是永远

段代洪

　　一位慈祥的古典文学教师，讲课的声音像早春的风一样回旋着，慢条斯理，从从容容。学生们常常会心一笑，陶醉其间。听她的课，无疑是一种享受，享受文学艺术的无穷魅力，同时也享受她内心那一份难得的平安。然而，谁也不曾料到，这位在课堂上从容自若的教师，却与每一位老百姓一样，每天都得匆匆忙忙地赶公共汽车奔日子，每天都得料理永远纠结缠绕的琐事，每天都得面对新的烦恼和新的考验。课堂下教师的生活是繁乱的、动荡的、艰辛的，甚至有时是狼狈不堪的。但这一切并不影响她在走上讲台时的从容与宁静，因为她有一颗平安的内心。

　　生活是曲折的，多舛的，我们每一个人的际遇，都不是自己能够左右和完全把握的。那些挫折，那些困惑，那些烦恼，永远像影子一样伴随着我们的人生旅程。或许你以几分之差名落孙山；或许你苦恋多年的女友离你而去；或许你最好的朋友竟背叛了你；或许你升职在望却遭人无端诬蔑和中伤；或许你被病魔缠身，不得不每日面对病室的苍白；或许你兢兢业业，埋头苦干，你的工作却得不到他人的承认；或许你的一片好心，却换来不屑和白眼……我们如大潮中的一叶扁舟，凄风与苦雨常常会猝不及防地暗袭。然而，所有的悲喜忧欢，都需要我们坚强地去面对，一一去化解。歌中唱道：当明天成为昨天，昨天成为忘记的片断，内心的平安才是永远。

　　因此，怀有一颗平常心、平安心，我们才不至于迷失，才不会被生活的风雨击垮。我认识一位老人，他历经了苦难的童年、辛酸的少年、动荡的青年，又不幸遭遇了中年丧妻、老年丧子的厄运。如今，这位华发皓皓、满脸沧桑的老人，独自守着一个古旧的书馆，终日与清茗、古书、阳光为伴，生活得非常宁静和淡泊。老人祥和的笑颜告诉我们，他有着怎样一颗从容平安的内心。滚滚红尘中，已没有什么能让他困惑，让他烦恼，让他痛苦。

我们村有一媳妇，天生聋哑，腿不好，手也不灵，且长相奇丑。可她有一个活泼可爱的孩子。在那条古老的青石板长巷里，她总是小心地护着自己的孩子，尽管她未必有孩子走得平稳。常常，在街头那棵老黄桷树下，在灿烂的阳光里，她很沉醉很痴迷地逗着自己的孩子，那样的快乐和无忧。她的脸很脏，她的衣服很破，她的身体状况很不好，可她有儿子，有丈夫，有一颗平平常常的心，她很满足，很快乐。

与其把烦恼当做煎熬，不如当成一种享受。无论外界如何风云变幻，阴雨连绵，我们都应以一份平静的心态去面对生活。如此，我们的人生才会祥和、安宁，才更有意义。

感悟

拥有一颗平常心弥足珍贵，因为它能让你在纷纷扰扰的生活中不至于迷失自己，从而获得最纯真的快乐与幸福。要知道，那些迷失在欲望中的人们是无法体会"宠辱不惊，闲看庭前花开花落"的意境的。

平常心

殷志峰

三伏天，禅院的草地枯黄了一大片。

"快撒些草籽吧，好难看啊。"徒弟说。

"等天凉了，"师父挥挥手，"随时。"

中秋，师父买了一大包草籽，叫弟子去播种。

秋风突起，草籽飘舞，"不好，许多草籽被吹飞了。"小和尚喊，"没关系，吹去者多半中空，撒下来也不会发芽，"师父说，"随性。"

撒完草籽，几只小鸟即来啄食，小和尚又急。

"没关系，草籽本就多准备了，吃不完，"师父继续翻着经书，"随遇。"

半夜一阵大雨，弟子冲进禅房："这下完了，草籽被冲起了。"

"冲到哪儿，就在哪儿发芽，"师父正在打坐，眼皮都没有抬，"随缘。"

半个多月过去了，光秃秃的禅院长出青苗，一些未播种的院角也泛出绿意，弟子高兴地直拍手。

师父背手站在禅房前，点点头："随喜。"

人，以及一群人组成的公司等组织，在这个世界上面临的根本威胁，不是自身能力或机遇上的不足，而是因无法抵御各种刺激（特别是诱惑）而导致的情绪失控，以至于他（它）不顾自然之道，采取了非理性的行动。

禅师的这份平常心，看似随意，其实却是洞察了世界玄机后的豁然开朗。为什么我们在心境上会反复振荡于浮躁、得意、狂喜、傲慢、迷茫、不安、沮丧、焦虑、恐惧甚至绝望之间？恐怕是因为当我们还是一张白纸时，就被灌输了过于狭隘的价值观，树立了急功近利的成就导向。

怀雄心壮志，当然能做事；但怀平常心，有时能把事做得更多更好，因为他心无障碍，自然能发挥出全部潜力。综观古今中外，真正的高手，都是那些能以平常心之缰牢牢地驾驭雄心壮志这匹烈马的人。所谓"像一个凡人那样活着，像一个诗人那样体验，像一个哲人那样思考"。

如果一个人，真的能放下急功近利的浮躁，顺应自然之道，以关心服务他人为己任，认认真真地做好力所能及的事，抱着互惠互利的原则，与周边环境协调发展；而不是片面地急于从别人那里索取利益和关注，他还会在快速多变的竞争环境中，动辄患得患失，以致如秋雨中瑟缩的叶子般宠辱"皆"惊，阵脚纷乱吗？

感悟

> 的确，"像一个凡人那样活着，像一个诗人那样体验，像一个哲人那样思考"，无论在怎样急功近利的社会中，对于患得患失的人来说，此言不啻为一剂良药。

让日子发亮

吴秀丽

美丽的东西似乎要有用才能更见光华。

一直很喜欢瓷质的瓶瓶罐罐，或者透明的玻璃器皿，看到就忍不住想拥有。直到近几年才惊觉任自己的物欲泛滥真是可怕，而开始止于欣赏，如果回家后还感觉无时无刻不想它时，才会再折回去重新考虑是否真的要拥有。不过，更重要的是，有一天，检视自己曾经拥有的那些美丽的器皿，竟然很少用它，任其蒙尘，才更惊异于自己的浪漫如此不可原谅。

严格地说，自己不是因为已经买它们回来，知道已经拥有，于是搁置一旁，而是因为这些美丽的东西天性脆弱，不但不堪一击，似乎也经不起磨损，担心伤了它，折损它的光彩，于是束之高阁，止于欣赏而已。

那天，到一个学设计的朋友家中小坐，发现她正在清洗她的瓶瓶罐罐，将汤匙、咖啡杯盘整整齐齐放在橱柜里，以为她跟自己一样。待两人坐定，她从冰箱捧出一壶自己榨的橙汁，鲜黄色的果汁在透明的玻璃壶内闪着清凉的光。接着，她找了两套透明的玻璃杯盘，将果汁倒入杯内后说："用吧！"两杯果汁旁还有一只也是透明的玻璃盘，放了一些干果，我仔细地看了两套玻璃杯，发现有些擦痕，是经常使用的模样。当时的心情是感觉自己至高无上，有洁净的餐桌，泛光的杯盘，朋友絮絮叨叨地说些家常，发发牢骚，感觉真是满意极了！

生活并不一定要如此讲究才满意，其实朋友的房子是租来的，所用的杯盘也不特别昂贵，但是，她把自己喜欢的东西用在生活中的琐碎细节中，却使她的日子显得明亮起来。而我，拥有同样美丽的器皿，却老是把它们冷落一旁，创造不出同样的美丽心情，真的不是骂一句"浪费"就可以赎罪的，朋友用了心，生活露出光华。自己忙忙碌碌，竟腾不出一点心情把自己喜欢的东西与家人、朋友共享，生活有如糟粕。

不舍的心情，应该是会留下许多珍贵的宝贝，现在却发现我因为不舍而造成更多的浪费。美丽的东西不用它，平白冷落，便是糟蹋。美丽的衣服不穿它，多搁几年，身材变形走样，再美丽也是枉然，只能增加叹息而已。大学时代就曾如此。

没念过书的母亲认为女儿能念大学是件大事，每逢寒暑假，总是舍得买些好衣料做给我穿，结果我总是心疼母亲的钞票，心疼这些美丽的衣裳会被穿旧了，而把它留在衣柜里。大学毕业后，浪漫、孩子气的衣服不再适合我，这些美丽只能留在衣橱里，留在记忆里了，流逝的青春反而没能因此更添光彩。

现在决定，要把光鲜穿在身上，写在脸上，用在生活的琐琐碎碎中，让日子发亮。

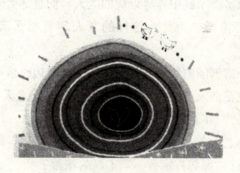

感悟

平淡的生活仿佛被乌云遮住的阳光，即便这样仍应积极探寻生活的亮点。其实生活需要我们自己打造，只要用心努力就能使它重新散发出光芒。人的生命有限，与其将美好的东西束之高阁，隔着橱柜欣赏它们的美，不如将它们融入生活的每个角落，让自己的生活闪亮。

每天都有彩虹

李雪峰

一个年轻人每天经过一条街道上班时，都能看到一位满头白发的老人。老人坐在一个非常破旧的屋檐下，脸上绽放着幸福的笑容。年轻人很不解，那个老人的衣着很一般，脸上也没有好生活滋养出来的油色光泽，一点也不像富贵家庭中养尊处优的老人，而且那么老，一眼望去便能知道他已饱经沧桑。为什么这样的老人却有那么满足和幸福的神态呢？

有一天，心情郁闷的年轻人经过那个老人身边时情不自禁地停下了自己的脚步。他在老人身边蹲下米，小心翼翼地问老人："老人家，您有一份退休金吗？"年轻人想，看上去这么满足的人，肯定会有一份不菲的退休金。但老人笑笑说："退休金？我没有。"年轻人想想，又俯在老人的耳边说："那您肯定有一笔丰厚的积蓄了？"

"积蓄？"老人听了，又笑着摇摇头说："我也没有。"

年轻人想了想又问老人说："那么您的子女一定生活得很不错，有自己的公司，或者身居要职吧？"

老人一听，又摇摇头说："他们什么也没有，都不过是平常的工人，靠劳动挣工资，靠工资养家糊口而已。"年轻人一听，就更加不解了，他问老人说："我每天从这里经过，见您都是很幸福、很满足的样。老人家，您能告诉我这是为什么吗？"

老人说："我每一天都在看天上的彩虹呀。"每一天？年轻人更疑惑了，彩虹一年也就出现那么三两次，怎么会每一天都有呢？见年轻人不解，老人笑笑说："我这一辈子，讨过饭，逃过荒，背井离乡十几年，曾经好多次死里逃生。唉，真是没少受过难，没少吃过苦，人生的酸甜苦辣，老头儿我都尝遍了，人生的辛酸泪水，我也流尽了。"老人又笑笑说："可如今呢，我居有屋，食有粥，几个儿女虽说不才，却也每人都有一份自己的工作，都有一份自己的薪酬。小伙子，你说我能不感到满足和幸福吗？我能不每一天都看到彩虹吗？"

老人顿了顿，又感叹说："其实哪一天没有彩虹呢？只是没流过泪的眼睛看不见，只要流过泪，人每一天都是能看到彩虹的。"

年轻人一听，心顿时一颤，是啊，哪一天没有彩虹呢？路上陌生人的一个微笑；朋友电话里的一个轻声问候；同事们的一次紧紧的握手；回到家里，妻子的一声轻轻嗔怪；女儿或儿子一个小小的亲昵的动作；出门时，父亲或母亲的一句浅浅的叮嘱……

哪一天没有彩虹呢？只是没流过泪水的眼睛不能轻易地看到。

每一天都有彩虹，只要我们能透过被泪水洗礼过的眼睛去看。

感悟

　　一颗被世俗尘埃沾染的心将不再晶莹剔透，一双被利益蒙蔽的眼睛将看不到绚丽的彩虹。其实，只要你善于发现，生活中到处都盛开着灿烂的笑脸，到处都有感人肺腑的关爱。

不欺心

陈大超

坐在回家的班车上，手里捏着车票钱，望着窗外的农田房舍都沐浴在明媚温暖的春光里，心里洋溢着一种难以名状的安宁和惬意。

一发现她把我给漏掉了，就决定下车时，一定把票给补上。这样一想就觉得自己的那一脉生命之水，在这春光下仍然很清澈，很亮泽。也就为自己至今还能做到做事不欺心而深感欣慰。

我是在路口上的车，车开动了售票员才从最后一排往前挤着一个个地要乘客买票，或许是车上的人太多太挤，或许是不少的人跟她讨价还价，说春节期间不应该提价的，把她给吵糊涂了，她竟然把坐在窗边往外看风景的我给漏掉了。其实我早就把买票的钱掏出来在手心里捏着了。

我自然就想起小时候的一件事来。那还是五六岁的时候，有一次奶奶叫我到街上去打醋，醋打好了，快走到家门口了，我却发现打醋的两角钱还在手心里紧紧地捏着，便想都没想就转身走回去，把手里捏着的钱交给那个卖醋的人。得到了别人赞美的我，心里涨满了喜悦和兴奋。回到家我就把这事跟奶奶讲了。"是的，我孙子做得对，人活在世上，任何时候都不能做欺心的事。"奶奶夸奖我说。

一晃三十多年过去了，我庆幸每次遇到这样的事，或者是类似这样的事，都能像小时候那样，"想都没想"地做出不欺心的决定。

做事不欺心，才能保持内心的安宁和生命的清澈，这样活着本身就是一种受益，一种愉悦。我深信，做事不欺心的人更容易报有欣赏世界的好心情，更容易品出生活的好滋味。

车到孝感，随着满车的人走到前车门口，我把一直捏在手里的10元钱递到拿着扫帚准备打扫车厢的售票员面前，微笑着，用一种开玩笑的口气说："你不想把票卖给我，我可是非买不可呢！"

售票员稍稍愣了一下，立刻就在她满含疲惫的脸上露出非常好看的笑容，说："哎呀，你这人，真是太好了。"

我感到走出好远了她还在望着我笑。

感悟

对于我们每个人来说，少年时的伤痛是一笔巨大的财富，我们可以在伤痛中学习和成长，在挫折中汲取力量。在经过漫长的挣扎和拼搏之后，我们终有一天会破茧成蝶，飞向花海，飞向蓝天。

1% 的希望

尚京

如果别人告诉你，只有百分之一的希望，那么你会认为它是有希望，还是没希望？

战时在桂林，等车非常困难。有一天在马路上看到一张小招贴，说有一部车子开往昆明，还有三个空位。招贴上的日子已经过了好几天了，哪里还有什么希望。谁知正是人人看了都以为没有希望的这三个位子，居然还有两个空着，正等着我和一个女同学——两个抱着何妨一试的心理去碰碰运气的人。然而，就是有了这次长途旅行，那位女同学变成了我的妻子。

又有一次，我的一个朋友急于要去某个城市，而交通却极其不便，等好几个月也难得有一次机会。终于我听到一个消息，我服务的那家公司买了两部新车，正好要开到那个地方去。我赶快去找运输部的主任。可是，他对我说：

"迟了，太迟了，老早就满了，都是我们自己公司的家属。"

我没有立即走开，我尝试着去捕捉那个看不见的希望。就在我临走时，他说："这样吧，你让你那个朋友明天一早带着行李来，如果临时有人没来，他就可以走了。不过，这只是百分之一的希望。"

回去之后，我问朋友们："你们说，这件事到底有没有希望？"

"百分之一的希望就等于没有希望。"

"希望就是希望，无所谓百分之一、千分之一。"

我呢，一个晚上没有说话，这两种观念不断地在我心中斗争，而一个人对于明知没有希望的事，是很难提起劲儿去做的。

第二天，我起得很早，天还没亮。我们决定去试试，只当做一次演习好了。我们要走很远一段路，还要扛着行李。一路上我们都不想讲话，一个不知成败的等待盘踞在我们心中。我们紧张而又沉静地等着，等着。两部车停在街边，要走的人一批跟着一批来了，大家都充满了兴奋，只有我跟我的朋友不断地看着手表。

已经到开车的时间了，我们只等车子开动，证明我们的希望是完全破灭了。

正在这时，那个主任过来了，大声向我说："你的朋友呢，叫他赶快交费吧，有一个人没有来，我们再等一刻钟，如果他还不来，那就是你朋友的了！"

我们交了钱，却还不能高兴，反而更加紧张。要是那个人最终赶到了呢？

漫长的一刻钟之后，终于，我的朋友上了车。回去之后，朋友们都惊异、怀疑，说我在撒谎。这时我才知道他们全都不相信这是可能的，包括那个说"希望就是希望"的人在内。虽然如此，我还是非常感激他那句话：

希望就是希望，无所谓百分之一、千分之一。

感悟

希望与绝望总是伴随着我们的生活，如影随形，因此当你绝望的时候，不要忘记，希望同样在你身边。有时，成败仅在一念之间，只需要多一点耐心与信心，希望就会来到你面前。

静心才能容纳真相

哈 哈

从前，有一位大师充满智慧，远近闻名。

这位大师讲道十分精彩，一个村子就请他来讲道。他接受了邀请。到村子时，早已有好几百人等在那儿了。隆重的欢迎仪式过后，大师站在讲台上开始讲话，台下的人都竖起了耳朵。大师说："亲爱的弟兄姊妹！我很荣幸今天能到这儿和大家在一起讲道。但我想问一下，我今天要讲的话题，你们知道吗？"

全体听众都大喊着回答："知道！我们知道！"大师停下来，看着大家笑了，说道："嗯，既然你们都知道了，我就不用讲了，对吧？"于是，他一声没吭，下台走了。

村里的人都很失望。他们决定再请他一次。大师也答应了。这天到了，大师受到了传统仪式的迎接。即将开始时，他又问了和上次同样的问题。这次，大家都准备好了。所以当大师一问："我今天讲的话题，你们知道吗？"台下所有的人就一起喊道："不知道！我们什么也不知道！"

大师停下来，脸上带着一丝调皮的微笑，说："我亲爱的朋友，如果你们什么也不知道，我讲了也是白讲，是吧？"还没等大家反应过来，他已经走了。所有的人都惊呆了。他们都以为"不知道"就是大师想听的答案。你能想象出他们有多失望吧。

但大家都拒绝放弃。他们问自己：如果大师的问题既不能回答"知道"，也不能回答"不知道"，那到底答案是什么？我们怎样才能得到大师的智慧呢？于是，村里开了个会讨论。他们集体商量好该怎么办，都觉得这回是胜券在握了。他们又一次邀请了大师。日子到了，大家又紧张又兴奋。同样，大师这次又问道："我今天要讲的话题，你们知道吗？"大家毫不犹豫，一半人喊："知道！"另一半人喊："不知道！"然后，大家就等着大师的反应。大师说："嗯，那就让那些知道的人教那些不知道的人吧！"这给了在场的每个人当头一击。还没等大家缓过神来，大师就静静地离去了。

这下怎么办？村里的人还是不死心。他们决定再试一回。他们又开了个会。大家提出各种各样的建议，但哪一个都不像是答案。最后，一位长者站起来说："既然我们怎么说都不行，下次大师再问这个问题，是不是我们闭嘴，什么都不说最好？"大家说就这么办。

大师来了，他又问了同样的问题。但这次谁也没说话。台下静得连一根针掉在地上都听得见。在一片寂静中，大师最终开口了，他智慧的话语流淌到大家的心田。

只有在寂静中我们才能听见心灵智慧的声音。

第一次，当大师问村里的人是否知道他要讲的话题，他们说："知道！我们知道！"这是骄傲的自我。当个人脑子里充满信息时，别的什么也装不进去。就像一个盛满水快要溢出来的杯子，一滴水也添不进去。所以大师什么也没说。

第二次，大家回答说："不知道！我们什么也不知道！"这是消极的回答。一个关闭、消极的脑子也接受不了最高的智慧。这就好像把杯子底儿朝上倒过来，再怎么倒水也没用。

第三次，大家既说"知道"又说"不知道"，这反映出大脑怀疑、左右摇摆的两面性。一个不稳定、充满疑虑的脑子是无法吸收真知的。这就好像杯子装的水掺了泥。水已经不纯了，再往里加的水也同样会被污染。

最后，大家都沉默了，大师才开始讲话。只有当脑子静下来，不胡思乱想了，我们才能听见心灵深处的声音。沉默就好像向上摆着的空杯子，可以装入和容纳真知的泉水。

感悟

　　当我们学习新知识和了解世界的时候，最重要的是我们的态度，一知半解、急于求成的心态只会让我们远离真知，只有一颗沉静的心才能领会无上的智慧。让我们共同在沉默中倾听智者的心声，感受智慧的光芒。

播种与收获

参 息

在遥远的沙漠中有一片绿洲，一位老人跪在地上，拿着铁锹在挖沙土。

一个旅人经过绿洲，停下来给骆驼饮水。他看到满头大汗的老人，便上前打了声招呼："你好呀，大爷。"

"你好！"老人回答的同时并没有停止干活。

旅人问道："这么热的天在这里挖什么呢？"

"我在播种。"老人说。

"你要在这里种什么？"

"种椰枣。"老人答道。

"椰枣？"旅人惊讶地说，那副表情就像听到了最愚蠢的话，"你的脑子被烧坏了吗？大爷，走，还是放下铁锹跟我去店里喝一杯吧。"

"不，我得先把种子播完，然后我们可以去喝一杯。"老人说。

"告诉我，大爷，你多大年纪了？"旅人问。

"我不知道，60，70，还是80……我忘记了……但这并不重要。"

"大爷，椰枣树长成需要五十多年，长成之后才能结出果实。我希望你能长寿，能活到 100 岁，但到那时你也很难收获今天劳动的成果，还是别干了吧！"旅人劝说道。

"我吃的椰枣是前人种下的，播种的人也没有梦想吃到自己种的椰枣。我今天播种，是为了让后人能吃到我种的椰枣……虽然我并不知道谁会吃到我种的椰枣，但我想，这份辛苦是值得的。"

听完老人的一席话，旅人说："很感谢您的这一课，请收下我的学费。"说着，他把钱袋递给老人。

"谢谢你的钱，朋友。你看，事情往往就是这样的。你认为我无法收获自己的劳动果实，但我还没有播完种，就收获了一袋钱和一位朋友的谢意。"老人笑着说。

感悟

一个无私的人才可以称得上是一个品德高尚的人。老人单纯的想法，执著的信念，都似沙漠里的甘泉，滋润着我们的心田。在品尝前人的劳动成果时，要记得感恩，并将这善举永远地延续下去。

跑出自己的速度

纪广洋

这是一次别开生面的短跑比赛：在本来很平坦的操场上，每隔一到两米扯上一根长长的绳索，整个赛区就像一页横格纸，参赛者将被蒙上双眼从上面跑过去，而又不能踩到绳索（若踩到绳索就自动放弃比赛）。

正式比赛之前，所有的参赛者都被召集到操场上。让他（她）们参观、熟悉一下"地形"，也可以预习式的在上面跑一跑，找找感觉，以便记住绳索的位置，做到心中有数。

然后，所有的参赛者就被领进一间屋里，全部蒙上双眼。

发令枪响过，比赛正式开始。

绝大多数灵敏的参赛者都是小心翼翼地跑动着，唯恐踩着绳索被淘汰。只有一位小伙子，不顾一切地飞快地跑向终点。结果，他成了第一名，夺得了冠军。原来，在所有的参赛者被领进屋，蒙上双眼后，那些绳索就已经被全部撤除，路面上没有一处障碍。

　　其他的参赛者尽管都未被淘汰，成了短跑比赛的"创纪录"者，所用时间之长却无法想象。

　　当培训师问那个小伙子，他当时是怎么想的，小伙子爽快地回答："情愿犯规、被淘汰，甚至摔倒、栽跟头，也得跑出自己的速度……"结果，他又获得了最佳心态奖。

　　在日常工作和生活中，人们所遇到的最大妨碍，往往不是所处的环境和外在的条件，而是自身过多的"经验"和"常识"，并由此而产生的种种顾虑、猜忌。于是过分谨小慎微地行动，把自己的内心完全地羁绊住，从而造成了一种怯弱、畏惧和猜疑的习性。

　　只有认清和克服了这种经验性、假设性的"妨碍心理"，我们才有可能专注高效地工作，轻松愉快地生活。

感悟

　　不管道路困难重重抑或危机四伏，都应不畏艰险地跑出自己的速度。人有时不是被外界的困难所困，而是被内心的怯懦与过分的谨慎所羁绊。要知道，生命的可贵亦在于酣畅淋漓地放手一搏啊！

坚守自己的声音

马国福

一位在电视台工作的朋友给我讲过这样一个故事。

朋友在一家地级电视台主持一档收视率很高的生活类节目。有一段时间，他家里厄运接踵而至：他年近八十的老母亲不慎从楼梯上摔了下来，半身不遂，住进了医院；儿子因误食了过期的早点中毒，也住进了医院；妻子因单位效益不好而被分流下岗；高达十几万的住房贷款又到期，银行的催款通知单一封接一封。这些生活的磨难一浪高过一浪，他几乎崩溃了。他一个人费了好多周折从外地漂泊到南方，刚站稳脚跟，各方面基础都非常薄弱。可想而知当时他有多么苦闷艰难。

有一天上镜前，朋友接到一家私营企业老板的电话。那位老板许诺，只要他在节目中用几句话宣传一下他们公司的产品，就给他一笔数万元的报酬。如果在节目中朋友将这个变相广告做得含蓄一点，那么谁也看不出破绽，也不怎么影响整个节目播出的质量，而且仅仅靠几句话他就能在短短的十几秒时间内得到几年都挣不到的钱。那个电话扰乱了朋友的心，当时他太需要钱了！

进入直播室时他一直在作思想斗争。不知为什么他的脑海中跳出了母亲说过的一句话。小时候邻居家的鸡经常跑到他家的草垛里下蛋，有一天他偷偷拿了邻家鸡下的一个蛋，这件事被他母亲发现了。他的母亲语重心长地说："小时候偷一滴油，长大了偷一头牛。"这句话像根针，深深地扎进了他幼小的心田。

朋友很快静下心来从容进入主持状态。他对那家公司只字不提，很轻松地做完了那档节目。

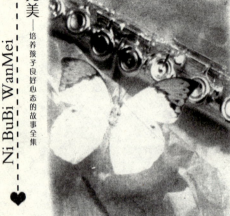

节目播出后，接到上级通知，要审查他的那档节目，如审查通过将选送省台参加一项大奖的角逐。最后他的节目顺利通过了审查，而且在省里获得了一项大奖。朋友因此获得了"金话筒奖"。

不久，给他打电话的那家公司因生产假冒伪劣商品而被工商部门查出后在全市曝光。

那位朋友说："如果我在一念之差下为了高额报酬而放弃自己的原则，后果真不敢设想。多亏母亲的那句话让我清醒了，否则，我的前途就毁于这一念之差。"

多年前母亲的那句话使朋友收回了他本不应该伸的手，多年后的这一刻，那句话在他心里飘成一面不倒的旗。朋友守住了自己的原则，延长了自己的成功和辉煌。好的品德如那枚朴素的鸡蛋，虽然形无棱角，却在关键时刻显现风骨，让人受益终生。

有时候一步就是一生，一念之差就是天壤之别，几秒就可以决定我们人生的成败。朋友，这一步你能迈好，这一念你能清醒，这几秒你能把握吗？

感悟

　　在人生的道路上，应小心谨慎地走好每一步，才会无愧于心。在贪欲和诱惑面前，一再审视自己的内心，明确地告诉自己：不取不义之财。优秀的品质就像白瓷碗中的清水，乍看时恍若无物，饮下时才感受到那沁人心脾的清冽甘甜。

我最幸福

华 夏

打开电视，手中的遥控器无意中搜到这样一个场面：一个女孩儿在讲述她的经历。

女孩儿身材瘦小，脸上带着微笑，眼里却闪着泪光。我还没听清她在说什么，就被她的微笑和泪光吸引住了。女孩儿正在讲述她上学时的一段经历。

"当时是冬天，特别冷。我趴在教室外的墙上，听老师讲课。老师提了一个问题，班上没有一个人能回答上来，我想，这么简单的问题，他们怎么都不会呢？我也没想那么多，就把答案喊了出来。教室里的老师一直没有发现我，听我一喊，感到非常惊讶，推开门，出来看。我吓坏了，就从墙上掉了下来。老师被我的行为感动了，就把我领进了教室，对同学们说，咱们就收留她吧，每天让她和你们一块上课，不告诉学校。就这样，我上完了小学。"

女孩儿小学毕业考试的成绩是她们县的第一名。可是却没有一个中学录取她，因为她没有双手。听到这里，我才发现女孩儿的两只袖管空空的，里面什么都没有。女孩儿的母亲脑子有毛病，隔一段时间就要出走一次。在她很小的时候，母亲又一次出走，她的双手就是因为母亲出走而失去的。具体怎么失去的，因为我是中途打开电视，没有听到。

我听到主持人问她："你的双手是因为母亲出走而失去的，你恨没恨过她？"她说："没有，从来没有。我爱她，我总是觉得对不起她。"

一天，她的母亲又一次出走，就再也没有回来。后来人们在结了冰的河里，找到了她的母亲。女孩儿讲到这里，泪流满面，说："是我没

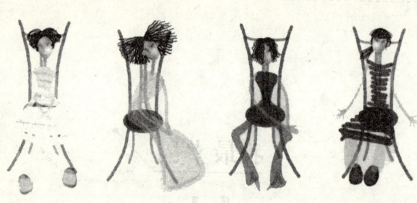

有照顾好母亲。"以后的日子里，女孩儿一想起不幸的母亲，就深深地自责。

没有了双手，失去了母亲，上不了中学，可是女孩儿写了一篇作文，题目叫《我最幸福》。在全县的一次征文中，这篇作文获得了一等奖。主持人只念了作文开头的两段，里面没有一句抱怨，有的全是对生活的感激。

我的心里好像有一口大钟，被女孩儿这篇作文的题目，还有她对生活的态度，撞响了。回声在我的体内，久久地，久久地回荡。

女孩辍学在家，除了给父亲、哥哥做饭，还自学了中学的课程，电视里有女孩儿用双脚切土豆的画面，她切得很细，脸上带着坚毅自信的微笑，可我却看得心惊肉跳。我赶紧把妻子叫来一块儿看，我的儿子已经睡着了，我没敢把他叫醒。第二天，当我给他讲述这个女孩儿的故事时，他说："你们为什么不把我叫醒呢？"

女孩儿说她什么饭都会做，像做米饭、炒菜都是简单的，她还会蒸包子和包饺子呢！女孩儿不仅用双脚学会了做饭，还学会了画画和书法。电视里展示了她的作品，在我这个外行看来，水平绝对不低。她还现场表演了书法，她写的还是那四个字——我最幸福。字体端正大方。我虽然不太懂书法，但我觉得那四个字写得比任何一个书法大家的作品，都更能征服我。

如果哪一天，我有幸见到这个女孩儿，我一定请她给我写这样四个字：我最幸福。我要把它装裱好，放在家里最醒目的地方，向每一个见到它的人，介绍这几个字的来历。

女孩儿后来被一所大学录取了。独立生活的她特别自豪，因为她学会自己上厕所了。军训时，她叠的被子，让部队的领导都感到惊讶。领导说，要把她叠被子的录像留下来，新兵入伍时让他们都看看。

她的讲述使身边的妻子泪流满面。我作为一名军人，虽然没有落泪，但我特别想找一个没人的地方，放声大哭一场，为什么会有这样的冲动呢？我也说不清。电视里还出现了女孩儿在旷野舞蹈的画面，她的两个空空的袖管随风摆动的情景，将我深深打动。

在以后的几天里，我总是想起这个女孩儿和她的经历。眼前不断浮现出她写的四个大字：我最幸福。那个女孩儿没有双手，经历坎坷，可她却感觉"我最幸福"，我呢？我们呢？如果我们多想想那个女孩儿，心里都装着"我最幸福"四个字，那么我们对生活是不是就会多一些热爱，少一些仇恨；多一些奉献，少一些索取；多一些感激，少一些抱怨；多一些进取，少一些颓废；多一些平和，少一些牢骚呢？

我想，假如你也像那个女孩儿一样，大声地说出"我最幸福"，那么你肯定会发现生活里更多美好的东西，你的精神也会随之焕然一新。我们都应该这样做一次试试。

感悟

人应该学会满足，这样幸福才能庇护你。请不要在意物质的匮乏、命运的多舛，人生路上不可能一帆风顺，请振奋精神勇敢地去面对前进路上的挫折，因为只有经历风雨，才能看见彩虹的美。

宽大为怀

裴 玲

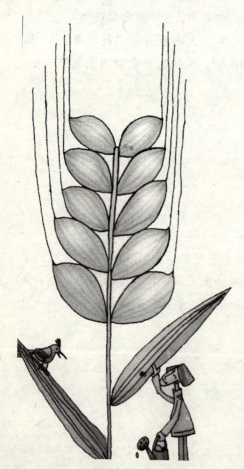

不幸，如同一场风暴，它能将你摧残得支离破碎，心神俱疲。往往一场不幸，就能毁掉你的前程和事业。

格林夫妇带着两个儿子在意大利旅游，不幸遭劫匪袭击。如一场无法醒过来的噩梦，7 岁的长子尼古拉死于劫匪的枪下，就在医生证实尼古拉的大脑确实已经死亡的 10 个小时内，孩子的父亲格林立即做出了决定，同意将儿子的器官捐出。4 个小时后，尼古拉的心脏移植给了一个患有先天性心肌畸形的 14 岁的孩子；一对肾分别使两个患先天性肾功能不全的孩子有了活下去的希望；一个 19 岁的濒危少女，获得了尼古拉的肝；尼古拉的眼角膜使两个意大利人重见光明。就连尼古拉的胰腺，也被提取出来，用于治疗糖尿病……尼古拉的脏器分别移植给了需要救治的 6 个意大利人。

"我不恨这个国家，不恨意大利人。我只希望凶手知道他们做了些什么。"格林，这个来自美洲大陆的旅游者说，嘴角的一丝微笑掩饰不住内心的悲痛。而他的妻子玛格丽特的庄重、坚定、安详的面容，和他们四岁幼子脸上小大人般的表情尤令意大利人灵魂震撼！他们失去了自己的亲人，但事件发生后他们表现出的自尊和慷慨大度，令全体意大利人深感羞愧。

以宽容之心去包容以前痛苦的遭遇，不幸便将会远离我们。

感悟

　　品读心灵的美好，就好像嗅闻阳光的香气，甜美而清雅。它能映照出人心的丑恶，驱散心底的阴霾，能带来这个世间最纯净的一丝宁静和一份坦然。面对匪徒的凶残，格林夫妇表现得安详、坚定和崇高，他们用高贵的心灵征服了一个国度。

正视无知

蒋光宇

在古雅典城里，有一座德尔斐神庙，供奉着雅典的主神阿波罗。相传那里的神谕非常灵验。当时的雅典人一遇到重大或疑难的问题，便到神庙去求谶。

有一回，苏格拉底的一个朋友到神庙去求谶，"神啊，有没有比苏格拉底更有智慧的人？"

得到的答复是："没有。"

苏格拉底听了，感到非常奇怪。他一向认为，世界这么大，人生这么短促，自己知道的东西实在太少了。既然如此，神为什么说他是最有智慧的人呢？

为了弄清楚神谕的真意，他拜访了雅典城里许多以智慧著称的人，包括著名的政治家、学者、诗人和工艺大师。结果他失望地发现，尽管

他们这些人的确具备某一方面的知识和才能，但却个个盛气凌人，自以为无所不知。

苏格拉底终于明白了，神谕的意思是：真正有智慧的人，不仅要具有丰富的学问、出众的才华和高超的技艺，而且更要懂得如何面对无限的世界。任何智者的学问、才华和技艺，都是沧海一粟，都是微不足道的。正因为自己懂得自己的无知，而那些自

以为是的智者不懂得自己的无知，所以神谕才说他是最有智慧的人。

在苏格拉底领悟了神谕的含义之后，遇到了一个自以为聪明绝顶的年轻人。于是，苏格拉底便给年轻人出了一个问题："世间是先有蛋还是先有鸡？"

年轻人不假思索地回答："鸡是从蛋里孵出来的，自然是先有蛋啦！"

苏格拉底反问道："蛋是鸡下的，没有鸡，蛋从哪里来？"

年轻人想了想说："那还是先有鸡！"

"你刚才已经说过，鸡是由蛋孵出来的，没有蛋，鸡从哪儿来？"

年轻人抱怨地说："你怎么提出这样一个怪问题呢？现在我也问你这个同样的问题：你说是先有蛋还是先有鸡？快说吧！"

苏格拉底老老实实地回答说："我不知道。"

年轻人笑了，"这样看来，你和我其实差不多啊！"

苏格拉底也笑了，"不！你是以不知为知，我是以不知为不知。以不知为知，是无自知之明；以不知为不知，是有自知之明！"

"知之为知之，不知为不知，是知也。"正视无知，这不仅是孔子，也是苏格拉底十分注重传授的道理。

感悟

正视无知可能会令很多人感到没有面子，但这恰恰是一种挑战。以"不知为不知"才更显一个人诚实的品质、高尚的道德以及谦虚的修养。

钻石和珍珠

罗 西

表姐是做珠宝生意的。小时候，姑妈一家对她宠爱有加，不过，她也争气，顺顺当当地成长，中专毕业不久就拥有了一桩美满姻缘。表姐夫是个台商，据说"为了她更美丽"，便允诺让表姐开一间珠宝店。

我妹妹是穷孩子出身。父亲本不让她读书，12 岁那年，她终于争取到上小学的权利，但必须半工半读。开头，妹妹去卖袜子，后来则挑着 50 斤粉丝到乡下去换谷子，1 斤粉丝可换 2 斤谷子。下乡时，还蛮轻松，肩上的担子才 50 斤；返城时，肚子已饿了，可肩上的担子已翻倍增至 100 斤。还好，她身材苗条但不柔弱，但她仍需十步一歇。坐在草地上喘息时，她常会从布袋里抓起一把谷子，仔细端详，这是自己劳动所得，那种骄傲的表情，像是在欣赏一把黄金。

初三毕业后，妹妹主动放弃学业，因为爱情来到了身边。他是个穷光蛋，但篮球打得极好。穷人嫁穷人，妹妹很清楚，这一路还得自己风雨一肩挑了。

什么苦活没干过？但爱情就在身边，妹妹从不后悔，最后，经过几年奋斗，终于拥有了一套公寓，还有几家陶瓷连锁店。当妹夫把一枚钻戒套在妹妹的手指上，以当做求婚的补偿时，妹妹哭了。苦尽甘来，幸福的滋味也只有在这个时候才可以深刻体会。

一天，表姐与妹妹闲聊。表姐很羡慕妹妹今天的成就与人生阅历。妹妹则羡慕表姐养尊处优，什么都为她安排好好的。但有一点她们是相同的，即都幸福。一个拥有太阳，自己发光拥有能量；一个拥有月亮，享受水到渠成的光辉。正如表姐对幸福的理解：妹妹有钻石，而她只有珍珠。

有些激情人生就像钻石，每一个亮面都需要好几个暗面来烘托；另一些温和人生如珍珠，没有特别暗的一面，平平顺顺的，圆润亲切。钻石经过锐利的切削，集中反射与明暗对比，才显得其璀璨多姿；而珍珠，圆满自足，平和娇贵。

那么，你要钻石，还是珍珠？

感悟

幸福的感觉不同，获得幸福的方式也各有千秋。因此不要羡慕别人的幸福，那是属于别人的，不一定适合你。重新审视自我，寻求心中幸福的定位，坚定信念努力奋进，幸福就在不远处等着你。

在一叶花瓣上细数阳光

田　野

一

有一个人为了生活，想砍一棵够大的树去换更多的钱。他来到森林里，终于发现了理想的目标。他满心欢喜地用三天工夫砍倒了这棵树，最后却发现自己根本就带不走它。

树太大了。

如果他砍一棵较小的树，也许早就扛走了，用卖树的钱买了粮食，正与家人围坐在饭桌前谈天，在欢笑里等待饭熟。

这个人心很大，却忘了自己的力量很小。

于是悲剧发生了。

许多人都在瞪大眼睛寻找财富，他们贪婪地想把世界上每一样美好的东西都搂进自己的怀里，不料辛辛苦苦忙碌了好一阵子，到头来却两手空空。

真正有智慧的人，懂得收敛内心的欲望，只选择自己够得着的果子去采摘，而不会把目标定得太高、太远、太大。

可惜的是，生活中有太多的人经常把自己的小聪明当成智慧。

二

我有一个朋友，总喜欢跟人诉说自己的不幸：高考落榜，爱情不如意，就业压力大……挫折屡屡不断，似乎活着对他已是一种负累。一天，他颇有感触地对我说："唉，我什么时候能过上一种风平浪静的生活呢？"

我笑着说，除非你死了。

朋友一怔。于是我给他讲起古希腊的一个经典故事。有人问古希腊智者阿那哈斯："你说，什么样的船最安全？"阿那哈斯说："那些离开了大海的船最安全。"

说得多好！

人活在世上就像船行于海中。遭遇风浪，饱尝奔波之苦，乃是人生的常态，谁都无法拒绝。生命的意义在于经历，成功也罢，失败也罢，正是一串串真实的脚印，最终汇成了我们每个人或长或短的一生。

离开了大海的船最安全，然而，船一旦离开了大海，也就失去了存在的意义。

三

一位禅师在旅途中碰到一个不喜欢他的人。连续好几天，好长一段路，那人一直用各种方法侮辱他。

　　最后，禅师转身问那人："假如有人送你一份礼物，但你拒绝接受，那么这份礼物属于谁呢？"

　　那人回答："当然属于原本送礼的那个人。"

　　禅师颔首道："没错。对于这些天来您送给我的礼物，我一概拒绝接受。"

　　说完这话，禅师微微一笑，转身走了。

　　而那人却愣在原地，好半天也没回过神儿来。

　　朝天上吐唾沫的人，最终弄脏的往往是自己的脸。

　　而对别人的误解和非议，面对生活的烦恼和忧伤，我们何不也把它们当做礼物呢？只要轻轻说一声拒绝，你就会换来一份好心情，神清气爽，天地无碍。

感悟

　　成功的路上有三点很重要：一是知道自己需要什么并量力而行；二是面向前进的方向努力奋斗；三是抛开一切外界的干扰，怡然自得地走向成功。知此三者，便无往而不利。

加上快乐的分数

包利民

上中学的时候，我们班有一个长得很丑的女生，同学们都不喜欢她，谁也不愿意和她在一起玩或者学习。她每天都很沉默，只是坐在座位上看书。她的学习成绩一直在提高，到了初二下学期的时候，她已经是班上的第一高手了。

后来一次重新调整座位，我和她成同桌，这让我对她有了更多的了解。每次考完试我都要看看她的卷子，她的代数学得最好，却从未得过满分。即使有时她答得全部正确，老师也只是给她批个99分。对此她并没有什么不满，只是说可能老师嫌她的字写得不好。

慢慢地，我终于成了她的朋友，她也能对我说些话了。我从没见她笑过，她说有什么好笑的，长得丑只好去努力学习了。只是她心中一直有个遗憾，就是代数还没有得过满分，就算答得再好，也只是99分。她不明白，后来只好叹道，可能是老师也嫌我长得难看吧！

代数老师是我们的班主任，四十多岁的样子，给人一种很乐观的感觉。事实也是如此，他从未气急败坏地批评过哪个同学，每次都是温和地讲着他的道理，这让大家对他很是拥护。初三下学期的一天，他带我们去野外游玩，并说谁也不许不去。我知道这是对我的同桌说的，她几乎从未参加过班里的活动。那天老师很动情地说了很多将要分别的话，让我们珍惜这三年同窗的时光。然后，他让我们每个人都讲一下对这三年的感受，并强调说，谁都要讲。这也是对我的同桌说的。同学们轮流讲着三年生活中那么多难忘的事，大家都很激动，手都拍红了。

轮到我的同桌了，她站在草地上，脸红红的，同学们和老师都真诚地看着她。终于她开口了："同学们，我知道自己长得丑，所以不敢和大家交往，我也很自卑，脾气也变得越来越坏。所以过去的那些日子在我心里没什么可留恋的，而我却觉得此刻才是初中三年的生活中最真实的时刻。我能当着你们的面说这么多的话，这是我从没想过的，希望今天会是我一个新的开始，我也想和大家成为朋友。"

她说完便回到了原来的位置，大家忽然鼓起掌来，而且有几个女生跑过去拉着她合影，我第一次看到她笑，而且笑得那么开心。回去的途中，老师问她："你今天觉得快乐吗？"她笑着说："我很快乐，老师！"

第二天又进行了一次代数测验，这次我的同桌得到了她所希望的满分，这让她欣喜不已。我拿过她的卷子看，老师在卷子后面写了这样一段话："你早就该得到这个分数了，可是我却一直没有给你。并不是你的答案有什么问题，而是因为你的不快乐。学习固然重要，可是快乐同样重要，没有快乐的心情，就算学习再好，你在以后的生活中也将会是艰难的。希望你能明白这个道理，也希望你能在以后快乐地生活和学习！"

时隔十年，老师写在她卷子上的这段话我依然铭记在心。人生如果没有快乐，就算你拥有得再多，也是没有意义的。只有快乐地生活，才能在风雨起起落落的路上走得无怨无悔。拥有了快乐，你才能在人生的试卷上得到一个满分！

感悟

> 一个囿于自我世界的悲伤灵魂在一位睿智而充满爱心的老师的指引下，尽情地在朋友面前吐露心声，终于获得了大家的接受和认可。诚然，我们的世界中有太多值得追求的东西，但是，要记住，缺乏快乐的日子，永远无法得到满分。

让心灵解冻

　　当你踩到了紫罗兰的心，它却把芳香留在你的脚上，这是紫罗兰的宽容。宽容生活，实质是为了更好地生活。

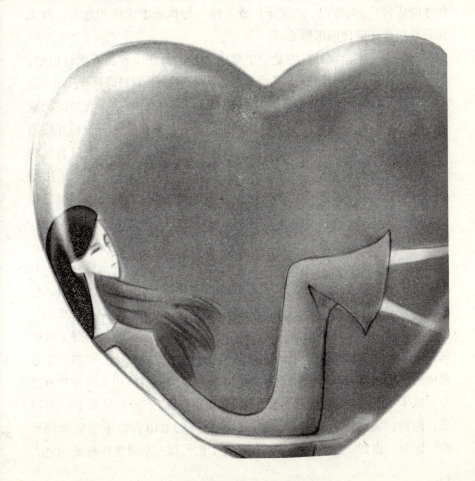

"放下" 的智慧

王 飙

　　非常喜欢佛禅的这则公案：百丈禅师的一个弟子向大师问道："如何才能成佛？"大师说："放下！放下你一切执著于成佛的念头，放下你总是执著于成佛的那颗心。"

　　对这则公案诠释最好的是一个登山者。这个登山者在一次登山中，首次不使用氧气，成功登上了世界最高峰——珠穆朗玛峰。他下山后，人们纷纷问他成功登顶的秘诀，他说："这没有什么秘诀，我知道大脑是一个重要的耗氧源，科学家曾告诉我们：各种思想在大脑中相互撞击时，竟要消耗我们吸入全部氧气量的40％。所以，为了减少对氧气的消耗，我只有向前走这一个念头，把其他的任何想法统统从脑子里抛掉，没有任何杂念，我等于放下了一个背在身上的巨大包袱，所以能轻松向前，这就是我成功的全部秘诀啊。"

　　是啊，对于我们世间的每一个人来说，功名、利禄、荣辱、爱恨、死亡、恐惧、成败、苦乐和祸福等等，我们不能否认这些东西存在于自己心中时，往往也会成为自己内在的渴望超越自我的一种原动力，但是，人一旦执著于此，它们往往又会成为自己前进路上的一个沉重的包袱。那个登山者是聪明的，渴望在不带氧气的情况下成为成功登上珠峰的第一人，在当初的训练中，这肯定是一直炽烈燃烧在他心中的一个最美丽的梦想。然而，在向峰顶冲刺的时候，他放下了一切荣辱和功利之心，放下了死亡时刻会威胁自己生命的恐惧之心，胸中只留下一个愿望：向前，向前！他成功了，他不但为所有的登山者留下了宝贵的经验，同时，也把一粒智慧的种子，播进了世间每一个渴望获得成功之人的心中。

其实，翻开历史，我们就会发现许多古人充满"放下"艺术的故事。宋朝的吕蒙正被皇帝任命为副相。第一次上朝，人群里竟有人大声讥刺他说："哈哈哈，这种模样的人，也能入朝为相啊？"可吕蒙正却像没有听见一样，继续往前走。然而，跟随在他后边的几个官员却为他鸣起不平来，拉住他的衣角，非要帮他查查到底是谁竟然如此大胆，敢在朝堂上讥刺刚上任的宰相。吕蒙正却推开众人说："谢谢人家的好意。我为什么要知道是谁在说我呢？一旦知道了，一生都放不下，往后还怎么处事？"

吕蒙正善识人。他所举荐的人，后来无不成为国家的栋梁，而他最大的特点就是一旦用了某人，便不再用自己的力量去约束其才能的发挥。做宰相期间，他一直把"无为而治"当做自己的施政方针。所以，有一天，他的两个儿子愤愤不平地对他说："爸爸，外面都传说你无能。你做宰相，权力怎么能都被别人分夺去了呢？"吕蒙正听了哈哈大笑说："我哪有什么能耐啊，皇上不就是看我善于识人，才提拔我当宰相的吗？我当宰相就是为国家物色有能力办事的人，我要权力干什么啊！"吕蒙正之所以能成为大宋的一代名相，不正是因为他有一个能放下一切荣辱的胸怀吗？自古至今，有些人拼命地揽权，并不是他比别人更有能耐，而是他贪图权力带给他的"好处"，这才是这些人嫉贤妒能，不愿放下权力的根本之所在啊。如果用一句俗语来评价吕蒙正，那就是"能拿得起，放得下"。可在现实生活中，究竟有多少人能真正无愧于这个评价呢？看看我们身边的人，往往只是因为别人说错了一两句话，从此就记恨别人终生，整日钩心斗角，明里暗里都在进行着一场场灵魂的厮杀；其结果只能是两败俱伤，只有输家而没有赢家。这种小肚鸡肠的气量，你怎能指望他会成就什么大事？我们亳州，是中国的四大药都之一，各路药商云集于此。曾有王

姓的两兄弟，决心在此开办药厂，得此天时地利，日后肯定能有发展。兄弟俩苦苦经营了上年，眼看药厂有了起色，财源滚滚而来。然而，弟媳却开始怀疑大伯子多占了便宜，兄嫂也开始怀疑小叔子暗中多吞了钱财。不久，两兄弟便闹起了家窝子，又是争权，又是争钱，一个好端端的药厂因为两兄弟最后都把心思用到了分家上，就再也没人来管理，没两年便倒闭了。亳州有这么好的地理条件，可直到现在都没有再诞生一家像样的制药厂，真是可惜。如果当初那两兄弟都能有"放下"的智慧，相互信任，招揽人才，谋求大的发展，适时调整经营和管理模式，我想他们早就发展成一个上档次上规模的大型制药厂了。也许有人会说我们只不过是一个平凡之人，哪能与人家做宰相的吕蒙正比呢？其实不然，我们既然都是平凡之人，那么，我们为什么不愿拥有一颗平常之心呢？

西汉末年，曹操曾率军在官渡这个地方与军力数倍于己的袁绍隔河相峙，最终曹操以少胜多，大败袁绍。曹军从袁绍处缴获的大批文件中，就有一大箱曹操的部下与袁绍暗中来往的信件。按说曹操完全可以把这些人以通敌罪惩治，然而，曹操却说："当时袁军兵多将广，声势浩大，而我军势力微弱，地盘不稳，怎能给人以必胜的信心呢？这种敌强我弱、胜负未分的时候，连我自己都不敢确定能否得以保全性命，何况各位将领呢？"他一封信都没有动，随即就命人把信件全部烧了。

其实，在曹操之前，刘秀也曾上演过这样一幕。当初，刘秀率义军与兵强将勇的王郎争夺天下，王郎自恃兵多地广，曾以十万户侯的价格来悬赏要刘秀的人头。然而，刘秀不愧是一个足智多谋的人，最后竟以弱胜强，消灭了王郎。刘秀的士兵从王郎的府邸搜出的大批档案中，竟然发现了许多其部下将领与王郎交往的密信。刘秀连看都没看一眼就下令焚烧了，并对众人说："不要让这些信件使我们内部发生隔阂。人心都是肉长的，我知道当初写信的人并不是真心想背叛我，只不过是给自己留条后路而已。我只希望以后我们上下一心治理好天下！"

曹操和刘秀，可以说都是深谙"放下"智慧的人，这也是所有能够成就大事之人的共同特点。一个人的能力再大也会受到时间和环境的限制。如果把一个人比喻成一辆车的话，那么，载着你的理想前进，应该说是不成问题的。可是，你偏偏把你遇到的每一件自己喜欢的东西都装到车上，且不说超载将减慢车速，说不定哪一天就把车压坏了或者因动力不够而导致车无法前进了。

我们学校有一名教师，除了上作，就是读书、写作，自得其乐，至于名誉、地位、奖金、提干等，从来没与任何人争过。然而，大前年，教委要各校老师申报特级教师，因为有发表的文章数或专著的限制，竟没有人敢申请，只有他把自己的作品搬来几大捆，上报之后，顺利地批了下来，成了我市屈指可数的几个特级教师中的一个。在平时，他放下了别人当成大事来争的东西，然而，他却得到了别人梦寐以求却得不到的东西。

由此可以看到：不管你是一个平凡的人，还是一个追求伟大的人，只要你有一颗能够"放下"的心，你就能成为人间的卓越者、成功者。我最喜欢的一句座右铭是：只问耕耘，莫论收获！其实，你放下了"收获"这个包袱，说不定你耕的土地比别人会更多、更精，收获的当然也将会更多！

感悟

"放下"一些功名利禄，"放下"一些爱恨情愁，会让你更快一步到达成功的终点，因为所有的一切，都是一个个沉重的包袱，羁绊着你前行的脚步。学会"放下"吧，做一个快乐的成功者！

甘于“补白”

李智红

　　我做报纸副刊的编辑工作已经多年，在设计版面的时候，由于文章的字数多少不一，经常会碰到版面留有空白的地方。这些空白少则百十来字，多则二、三百字，这就需要用心去挑选一些精短的文字或简练的题图补填上去，以保持版面的完整，同时也起到美化版面的作用。这些被用作填充版面空白的文字或者题图，自然就成了“补白”。

　　版面时常被我用来补白，内容形式不拘。有时是一篇极其简短的杂感，有时是一首满含哲理的小诗，有时是一段诙谐幽默的笑话，有时是一幅拙朴抽象的插图，有时则是一段意蕴深远的警句格言……

　　由于是“补白”之作，自然受到所要填补的版面“空白”的严格限制。因而我在选择补白的“材料”时，就不能够像选择“补白”以外的文稿那般随心，那般自由，那般挥洒任意。虽然只是一方小小的补白，我却要比编辑其他的文稿更为小心在意，绝对不敢有半点马虎。

　　为了使“补白”的作品与整个版面的文稿协调统一，我在选择“材料”时，往往要比选择其他的文稿花费更多的时间和精力。首先，我必须要在众多的来稿中，精心挑选出那些精短的作品，然后再反复地揣摩和掂量。文字稍长的，要认真进行修改压缩；稍短的，则要重新进行补充润色。一切都要以版面空白的大小来加以衡量。编辑一篇一两百字的“补白”，并不比编辑一篇一两千字的文稿来得轻松。在这一点上，我有切身的感受。

　　使用“补白”的时间久了，自然便从这小小的“补白”中悟出了一些简单的道理。虽然一方小小的“补白”，比起旁边那些大块面的文章来，总显得是那样的渺小，那样的谦卑，那样的微不足道，但它却更为简练，更为精粹，更耐人寻味。它的妙用，绝不存那些大块面的文稿之下。其受读者重视和欢迎的程度，有时要比那些编者有意向读者强力推介的重头作品更为强烈。它犹如墙壁上悬挂的一幅字画或书架上一个醒目的小摆设、一尊精美的小工艺品。虽然没有什么大的启示，但更为雅致、更为细腻，常常出乎意料地起到一种画龙点睛的艺术效果。

一块全是由大块版面的说理文章布排在一起而显得过于拘谨、严肃，过于呆滞、压抑的版面，如果加进一方诙谐幽默的"补白"，整个版面就会变得活泼生动起来。一块全是文字组合而成的版面，如果能够加入一枚精美的题图作为"补白"，那效果也就完全不同。它会大大地减轻阅读者眼睛的疲倦，缓解阅读的困顿与心理的压力。

我曾做过长久的观察，发现几乎有 80% 以上的读者，在进入阅读时，都是首先选择阅读"补白"，然后等有了余暇才去阅读那些所谓的重头作品。何以如此呢？因为"补白"给人带来更多的是轻松，是愉悦，是简单与质朴。

由"补白"而联想到做人，发现其中也有许多的共同之处。人生在世，如果能够成为中流砥柱，成为栋梁之才，成为大块版面的"压卷之作"自然再好不过。但在纷繁芜杂的社会生活中，注定有许多的人是不得不去做那默默无闻的"补白"角色的。就我个人的经历而言，以前年轻气盛，总想着要去成就一番大业，或在仕途一展抱负，或在文坛纵横驰骋，对于命运所给予我的"补白"角色，始终不屑一顾，其结果是仕途上险阻重重，四处碰壁；文坛上毫无建树，徒劳无功。不但"补白"的角色没有当好，反而还落了个好高骛远、不切实际的骂名。我现在终于

明白了一个道理：即使你有齐家治国平天下的雄才，但社会只需要你去做一方小小的"补白"，那你就得及时调整自己的心态，去适应这个角色，尽最大努力发挥好这个角色应该起到的作用。再说，这"补白"的角色看似简单卑微、无足轻重，但要是真的缺少了它，还真的不行。说它是点缀也好，搭配也罢，要是一个报纸的版面缺少了它，那整个版面就会失去生机，失去活力；一个社会要是缺少了它，那整个社会就有了缺陷，就不能构成一个完美整体。尽管没有多少人愿意充当"补白"的角色，但社会却需要大量这样的角色，我们在成不了"压卷之作"的时候，退而求其次，去做一帖画龙点睛的"补白"，又何尝不是一种成功呢？做"补白"而又不坠青云之志，锐意进取，这犹如给"补白"加上了花边，不是比那些重头文稿、压卷之作更醒目、更引人入胜吗？

感悟

如果你不能成为花园中那枝最美的玫瑰，那么就做一株嫩绿的小草吧，因为在那一片红花之中最显眼的也许并不是那枝开得最美的花，而是那一抹映入心底的绿。

当你踩到了紫罗兰的心

朱成玉

　　在那个城市里，他是一个威风八面的人，不管黑道还是白道，人人都敬重他，没有人敢对他有半点不敬。

　　生意场上，他飞扬跋扈，独断专行，但在生活中，却是个很绅士的人。每天开车回家，在小区的停车点上，不管多忙，他都会耐心地把车子多倒几下，直到不能再靠里了。停车点很狭窄，他来来回回要多费上几分钟，"经常看到别人的车子没地方停，所以我不能占着两个车位。"他说他这样做，就是为了要给别人留个停车的位置。

　　还有一次，他的所作所为更是让我们对他心生敬意。

　　那天，他慢慢地开着车子，看到路边有一对年轻的恋人在闹别扭，男孩低声下气地向女孩道歉，女孩却始终不肯给男孩好脸色看。男孩就那么一直耐心地赔着笑脸。他路过他们身边的时候，好奇心驱使他本能地放慢了车速。没想到那男孩忽然变了一副样子，大声地向他吼道："看什么看？快点走开。"他先是一愣，很久没有人敢这样没礼貌地和他说话了，但他没有生气，也没有把车子开走，继续在他们边上慢慢行进。那男孩生气了，挥起拳头猛砸了一下被他娇生惯养着的爱车的腮帮，车子发出巨大的声响，停住了。男孩继续不依不饶，对他吼道，"再不走开，我可不客气了。"一副十足的古惑仔模样。让人意想不到的是，他竟然向那个男孩谦卑地笑了一下，唯唯诺诺地说着一些道歉的话，然后慢慢地把车子开走了。在倒车镜里，他看到那个男孩很神气地对那个女孩比划着什么，而那个女孩似乎也不再和他生气，两个人手挽着手离开了。他对我们解释说，他之所以这样做，是因为他觉得，降低一下自己，便可以成全别人。他只想给那个男孩一个表现自己的机会，让他在女孩的心中变得高大勇敢。

我们和他开玩笑说，在生意场上你那么霸道，到了生活里，怎么就成了"软蛋"了呢？他便给我们讲了他年轻时候的一件事。那时候的他，血气方刚，什么事情都喜欢用武力解决。有一次，一个社会上的小混混得罪了他，他找到了那个小混混的家，狠狠地教训了他一顿。小混混的老父亲赶回来，死死地护着，不许他再动他的儿子一根汗毛。派出所的人来调解，问老人家有什么赔偿请求。他的心里七上八下，心想他肯定会"狮子大开口"，漫天要价了。让他没想到的是，老人非但没提任何要求，还真诚地对他说，"谢谢你替我教训了我这不争气的儿子，让他知道，这就是当一个不务正业、游手好闲的小混混的下场。"他愣怔在那里，羞愧难当。多少人打他都没让他低过头，但那天，他恨不得把头低到地上。

纪伯伦说："一个伟大的人有两颗心：一颗心流血，一颗心宽容。"人与人的纠葛，物与物的碰撞，突如其来的意外变故，这一切都使社会显得那么狭小，生活变得那么拥挤，每个人都会在着急赶路的时候不可避免地制造一些伤害，不是碰伤自己就是割伤别人，这个时候，就需要我们宽容生活，宽容会计我们的心开出无比美丽的花朵。

当你踩到了紫罗兰的心，它却把芳香留在你的脚上，这是紫罗兰的

宽容。宽容生活，实质是为了更好地生活。我们以善意的客观的态度理解着生活的一切内涵，我们也就发现了生活为我们展示的所有良好机遇。给心一份轻松，自由去做我们该做的一切；给生活一个广阔的空间，使生活在我们的创造下变得更加美好。

所以，若要活出人生的精彩，品悟人生的美好，请时刻以善良为圆心，宽容为半径，它们会为你画出一个圆满的人生。

感悟

是的，每个人都有两颗心，一颗心流血，一颗心宽容。我们若无法避免前进时的种种伤害，那就学会宽容吧！以善良为圆心，以宽容为半径，画一个圆满的人生。

忍住一份甜

熊 伟

美国著名的心理学家瓦尔特·米歇尔曾经对一群幼儿做过一个有趣的实验。他给每个孩子发了一块软糖，然后告诉他们说他有事要离开一会儿。他希望孩子们都不要吃掉那块软糖，他允诺说："假如你们能将这块软糖留到我办完事情回来，我会奖励给你们两块糖。"他出去了，寂寞的孩子们守着那诱人的软糖等啊等，终于有人熬不住，吃掉了那块软糖。接着，又有人做同样的事……20分钟后，米歇尔回来了。实验远远没有结束。心理学家继续追踪研究那一群接受实验的孩子。多年以后，他发现，那些不能等待的孩子大多一事无成，而日后创出了一番辉煌业绩的全都是当年愿意等待的孩子。

吞下一份苦，需要的是勇敢与坚强；忍住一份甜，需要的是信念和毅力。但是，并不是所有可以舍生的人都可以"舍甜"。

"甜"在生活中幻化成种种美丽的影像来撩拨我们。一道秋波，一句蜜语，一席佳肴，一樽醇酒……我们在"甜"的允诺中有一点儿恍惚。在娱身的"痛快"与娱心的"愉快"面前，我们常常做出错误的抉择。"甜"是那么黏，一旦粘上我们普通人的身体就不肯脱离，并且"甜"知道人又都有一个与生俱来的弱点，那就是容易对幸福上瘾。"甜"深谙这一点，所以它永远不愁找不到爱它的人。

"甜"诱惑着我们。这个潘多拉盒中释放的魔鬼一刻不停地念着魔咒，准备将你在心中塑成的那个完美自我掳走。

——克服一些"甜"，让自己成为一个高大的人。

——忍住那份"甜"，让自己成为一个伟大的人。

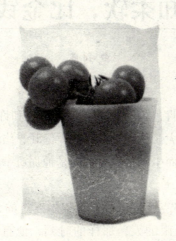

感悟

　　正所谓"吃得苦中苦，方为人上人"，物质上的享受是很强的诱惑，生活中的"甜"也随处可见。能够吃苦的人很多，但能够忍住那份"甜"的人却屈指可数。抵挡住糖衣炮弹的攻击，看清眼前的那份"甜"，才不至于在外物的诱惑中迷失方向、难以自拔。

比良知柔软，比金钱坚硬

包利民

德洛克是美国阿肯色州的一个黑人青年，和许许多多的黑人一样，他在歧视与暴力中长大。他长得颇为高大健壮，络腮胡，脸上还有一道斜斜地长疤，令人望而生畏。最可怕的是他那对拳头，极大极硬，也是布满了疤痕。

18岁之前，德洛克几乎都是在打架中度过的，他打所有他看着不顺眼或者是看他不顺眼的人，那样的时刻，他有一种说不出的快感。他甚至开始了抢劫，在漆黑的夜里，劫单身的行人或过往的车辆，也不为钱财，只是想打人，这一切直到他18岁生日的那一天。其实生日对于他来说也只是一个平常的日子，没有任何特殊意义。不过他却记住了自己的生日，因为父亲曾告诉过他，母亲就是在他出生那天死的。

就在那一天，已近黄昏，德洛克在街上闲逛，不远的草地上一个78岁的白人小女孩正在追赶着一只皮球。德洛克的心情有些无由的慵倦，便倚在墙上看着小女孩出神。这时，几个十六七岁的小青年互相追逐打闹着奔跑过来，他们呼啸而过，其中一个将小女孩撞倒，另一个一脚将皮球踢上高空，小女孩倒在地上大哭起来。德洛克大怒，他猛虎下山般冲了过去，一拳将一个人打得趴在地上，其余几人见状，全围了过来，可在德洛克的铁拳之下，他们很快被打得落荒而逃。德洛克犹豫了一下，伸手将小女孩抱起来，然后走过去把皮球拾起来递到她手上，小女孩破涕为笑，德洛克的心底蓦地涌起一阵温暖。

这时候，一个妇女急匆匆地从远处跑过来，一见德洛克抱着小女孩，立刻变了脸色。因为这附近没有人不认识德洛克，没有人不知道他的名声。这个妇女身子有些发抖，叫了一声："露丝，快跟妈妈回家吃饭吧！"小女孩对德洛克说："哥哥，妈妈叫我回去呢！"德洛克一愣，忙轻轻地把小女孩放在地上，小女孩伸出小手轻轻地抚摸了一下德洛克脸上的伤疤，转身向妈妈跑去。跑到妈妈身边，小露丝转过身说："哥哥，你的手好柔软啊！"德洛克两手摸搓着，忽然觉得心里有什么东西一下子破碎了。

那一夜，德洛克几乎彻夜未眠，他把两手交叉于胸前，脸上的伤疤仿佛还残留着小露丝的指痕。那是他有生以来想得最多的一个夜晚，18年积在心上的厚厚茧壳，在一个小女孩的轻触下布满裂痕。

当太阳升起的时候，德洛克仿佛脱胎换骨般，对着天地深吸了一口气，是的，这个生日让他获得了重生！有很长的一段日子，他挥舞着拳头去铲锄那些不平之事，也因此坐过几回短暂的牢狱。他逐渐地找回了良知，找回了正义的感觉。人们也开始重新去审视他，那个粗暴蛮横的德洛克不见了，一个勇于助人的德洛克出现了。当他搀扶起那些需要帮助的人，那些人感受到了他双手的温暖与柔软；当他痛击那些不良之徒，那些人体会到了他两拳的坚硬与无情。

德洛克的名声越来越响，一些有钱人见他身手如此了得，便纷纷找到他，想花重金雇他当保镖，或者让他去为他们打人。虽然德洛克一贫如洗，虽然他也知道金钱在美国社会的地位，可当他真的面对那么多的钱时，他都断然拒绝，甚至挥舞拳头告诉那些人不要用钱来收买他！因为他是有良知的，即使给他再多的钱，他也不会去干坏事。人们都说，德洛克的双手，比良知柔软，比金钱坚硬。

后来，德洛克在别人的指点和帮助下，成了当地唯一的一名黑人警察，他对好人温和有礼，对坏人铁面无私，成了人们心中最值得尊敬和信赖的保护神。在他40岁那年，为了围追一伙毒贩而在激斗

中中弹身亡。出殡那天，小城中的人几乎都去为他送行。在他的墓碑上，就刻着那句"比良知柔软，比金钱坚硬"，旁边是一双粗糙的大手。

其实，比良知柔软的，比金钱坚硬的，并不是德洛克的双手，而是他重新拾回的美丽心灵。能拥有这样的心灵，便可坚破千难、柔纳万物，如此，人生自可无愧，生命自可无悔。

感悟

小露丝的手指唤醒了一个沉睡的灵魂，德洛克在爱与肯定中踏上守护正义的征途。美丽的心灵能够攻破万难，高贵的品质可以柔纳万物。只有爱和帮助，才能获得真正的尊重。

你是别人的一棵树

感 动

有个人一生碌碌无为，穷困潦倒。一天夜里，他实在没有活下去的勇气了，就来到一处悬崖边，准备跳崖自尽。

自尽前，他号啕大哭，细数自己遭遇的种种失败挫折。崖边岩石上生有一株低矮的树，听到这个人的种种经历，也不觉流下眼泪。人看到树流泪，就问它："看你流泪，难道也同我有相似的不幸吗？"

树说："我怕是这世界上最苦命的树了，你看我，生长在这岩石的缝隙之间，食无土壤，渴无水源，终年营养不足；环境恶劣，让我枝干不得伸展，形貌生得丑陋；根基浅薄，又使我风来欲坠，寒来欲僵，别人都以为我坚强无比，其实我是生不如死呀！"

人听罢，不禁与树同病相怜，就对树说："既然如此，为何还要苟活于世，不如我们一同去死吧！"

树想了想说："死，倒是极其容易的事，但我死了，这崖边就再也没有其他的树了，所以死不得。"

人不解。树接着说："你看到我头上这个鸟巢没有？此巢为两只喜鹊所筑，一直以来，他们在这巢里栖息生活，繁衍后代。我要是不在了，这两只喜鹊可怎么办呢？

人听罢，忽有所悟，就从悬崖边退了回去。

其实，每个人都不只是为了自己活着。再渺小、再普通的人，也会有人需要你，对于他们来说，你是一棵伟岸的大树。

感悟

　　再低矮的一棵树，也可能支撑着鸟儿的爱巢；再平凡的一个人，也或许携带着别人的期盼。不要为自己的挫败放弃自己，勇敢地撑起枝叶，为自己，为他人，做一棵伟岸的大树。

把失败写在背面

何 方

有一个年轻人，从很小的时候起，他就有一个梦想，希望自己能够成为一名出色的赛车手。他在军队服役的时候，曾开过卡车，这对他熟练驾驶技术起到了很大的帮助作用。

退役之后，他选择到一家农场里开车。工作之余，他坚持参加一支业余赛车队的技能训练。只要遇到车赛，他都会想尽一切办法参加。因为得不到好的名次，所以他在赛车上的收入几乎为零，这也使得他欠下一笔数目不小的债务。

那一年，他参加了威斯康星州的赛车比赛。当赛程进行到一半多的时候，他的赛车位列第三，他有很大的希望在这次比赛中获得好的名次。突然，他前面那两辆赛车发生了相撞事故，他迅速地转动赛车的方向盘试图避开他们，但终究因为车速太快未能成功。结果，他撞到车道旁的墙壁上，赛车在燃烧中停了下来。当他被救出来时，手已经被烧焦，鼻子也不见了，体表烧伤面积达40％。医生给他做了7个小时的手术之后，才把他从死神的手中挣脱出来。

经历这次事故，尽管他命保住了，可他的手萎缩得像鸡爪一样。医生告诉他说："以后，你再也不能开车了。"然而，他并没有因此而灰心绝望。为了实现那个久远的梦想，他决心再一次为成功付出代价。他接受了一系列植皮手术，为了恢复手指的灵活性，每天他都不停地练习用残余部分上抓木条，有时疼得浑身大汗淋漓，他也坚持着。在做完最后一次手术之后，他回到了农场，换用开推土机的办法使自己的手掌重新磨出老茧，并继续练习赛车。

仅仅是在 9 个月之后，他又重返赛场！他首先参加了一场公益性的赛车比赛，但没有获胜，因为他的车在中途意外地熄了火。不过，在随后的一次全程 322 公里的汽车比赛中，他取得了第二名的成绩。

又过了两个月，仍是在上次发生事故的那个赛场上，他满怀信心地驾车驶入赛场。经过一番激烈的角逐，他最终赢得了 241 公里比赛的冠军。

他，就是美国颇具传奇色彩的伟大赛车手——吉米·哈里波斯。

当吉米第一次以冠军的姿态而对热情而疯狂的观众时，他流下了激动的泪水。一些记者纷纷将他围住，向他提出一个相同的问题："你在遭受了那次沉重的打击之后，是什么力量使你重新振作起来的？"

此时，吉米手中拿着一张此次比赛的招贴画，上面是一辆赛车迎着朝阳飞驰。他没有回答，只是微笑着用黑色的钢笔在图片的背面写上一句凝重的话：把失败写在背面，相信自己一定能成功！

感悟

在人生的追寻中，失败是不可避免的，重要的是怎样把失败的一页翻过去，把失败写在背面，才能忘记失败的痛苦，才能以崭新的笑容迎接新的挑战。

让心灵解冻

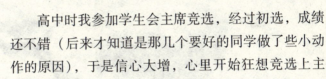

程 刚

　　高中时我参加学生会主席竞选，经过初选，成绩还不错（后来才知道是那几个要好的同学做了些小动作的原因），于是信心大增，心里开始狂想竞选上主席以后的场景。接下来的日子里，积极准备最后的选举。为了扩大影响，我挖空心思，想尽了一切办法。我在黑板栏里贴上自己的海报，每天拿着扫把去扫大门岗，到饭堂义务打饭……在那段日子里，热情不减。

　　可是最终的选举我失败了，甚至连个部长都没当上。我心情沮丧到了极点，想着自己前些天的举动，突然感到一阵阵嘲笑马上就要到来。所以，我整天无精打采，不想见人，感到整个冬天都在为我而寒冷。

　　一天，老师将我叫到了办公室，什么也没说，倒上一杯热水，又倒上一杯冷水，笑着问我："如果我把它们拿到室外，你说哪一个杯子里的水先结冰？"我不假思索地说："肯定是冷水先冻上！"老师一笑，说："好，那咱们试试。"然后老师把两杯水拿到了窗外。过了一会儿，老师叫我一起到窗前来看。令我惊讶的是，热水已经上冻，而冷水还没有。我惊讶无语，老师笑了笑，对我说："一颗燥热的心如这杯热水一样，在遭遇寒冷的时候，更容易被冻结。"

　　老师又拿出一个冻苹果，切成两块，一块放在热水里，一块放在冷水里，问我："你说，哪一个杯子里的苹果先化开？"我害怕答错，想了一会，才小心翼翼地说："应该是热水杯里的先化吧？"老师又是一笑，说："那好，咱们再试试！"过了一会儿，老师把两块苹果取出来，我又是一惊，冷水泡过的苹果，虽然外面包着一层薄冰，但整块苹果却是软软的，已经开化了，而热水泡过的苹果，虽然外层是软软的，但它的内部却是硬邦邦的，没有开化。我又无语。

老师对我说："一颗冰冷的心如这个冻苹果，当它被燥热的水浸泡的时候，解冻是漫长的，不如给它降降温，这样就会很快解冻了。"

感悟

　　生活中，我们应该戒骄戒躁，平静地面对成功与失败，才能更快地走出失败的阴影。因此，不要让自己的心被冻结，不要被眼前暂时的失败所击倒，要有高瞻远瞩的目光，看看远方，天高云淡，一片蔚蓝……

人生要懂得转弯

章睿齐

　　法国有一位叫奥里昂的老人从 20 岁起就决心做一名画家，他一直勤奋地画呀画呀，几十年来如一日，但他的画却无人问津。终于，40 年过去了，在他画了第 9998 张画后，他卖出了平生第一张画！在成功心理学看来，判断一个人是不是成功，最主要的是看他是否最大限度地发挥了自己的长项或优势。成功学家通过研究发现，人类有四百多种优势。这些优势本身的数量并不重要，最重要的是你应该知道自己的优势是什么，短项是什么，之后要做的则是敢于放弃短项，将你的生活、工作和事业发展都转向你的优势，这样你才能成功。

　　湖南电视台曾邀请一位热爱写作的农民和观众见面，讲述他如何勤奋写作的故事。那位农民称迄今为止，自己已经写作了三十余年，写出的手稿装了几十条麻袋。但是在这三十余年里，他虽然如此勤奋写作、不断投稿，最终也没有发表一篇文章，说着说着不禁掉下了眼泪。主持人问他今后有何打算。这位农民擦干眼泪，铿锵有力地回答：将更加勤奋地写作！他的回答赢来了全场的掌声。

　　如果这位先生明智的话，其实应该停止再写作而转向他比较擅长的方面。因为写作对有些人来说是与勤奋无关的，就像搞体育运动对一些人来说与勤奋无关一样，这需要一定的天赋。

　　同样是个农民，张文举从小也有当作家的理想。为此，他十年如一日地努力着。他坚持每天写作 500 字，一篇文章完成后，他改了又改，然后满怀希望地寄往远方的报纸杂志。可是，多年努力，他从没有只字片言成铅字，甚至连一封退稿信也没有收到过。29 岁那年，他总算收

到了第一封退稿信。那是一位他多年来一直坚持投稿的刊物的总编寄来的，总编写道："……看得出，你是一个很努力的青年。但我不得不遗憾地告诉你，你的知识面过于狭窄，生活经历也显得相对苍白。但我从你多年的来稿中发现，你的钢笔字越来越出色……"很多人都知道，张文举现在是有名的硬笔书法家。记者们去采访他，提得最多的问题是："您认为一个人走向成功，最重要的条件是什么？"

张文举答："一个人能否成功，理想很重要，勇气很重要，毅力很重要。但更重要的是，人生路上要懂得舍弃，更要懂得转弯！"

我们要好好向明智的张文举学习，不适合就要勇于放弃，并适时转弯，努力去做更适合自己的事。

感悟

人生道路千万条，每一条路边都繁花似锦，绿草如茵。如果一条路走不通，不要灰心，转个弯，走上另一条路，也许你会发现这条路上的景色更迷人，空气更清新。

让画满字的白纸开出花朵

郑 鑫

进美院的第一堂课让我受益终身。

上课铃声响过之后，我正襟危坐，充满敬仰，甚至有些诚惶诚恐地等待着老师。老师终于走了进来，他是一位头发发白、精神矍铄的老教授。教授登上讲台后，什么也没说，自顾自地将一张白纸贴到黑板上。然后，教授转身扫视了一下同学，进行自我介绍后，说道："现在，轮到我来认识你们了，你们每个人上来，将自己的名字写在这张白纸上。我这里有一盒彩笔，有很多颜色，可以随意挑选……"

教授和蔼的声调让严肃的课堂活跃起来。同学们按次序一个接一个地走上讲台，写着自己的名字……很快，黑板上的那张白纸就斑斓起来，写到最后，已经没有空白了。所有同学写完自己的名字后，教授问道："谁能够在这张纸上画一幅画啊？画什么都可以，一只小猫、一棵

树或者一朵花……"

同学们都面面相觑，没有人站起来。教授开始逐一地问每个同学："为什么不上来画呢?"得到的回答非常统一："已经没有空间，画不了了。"教授没再说什么，只是取下了黑板上的纸，然后伏在讲台上挥毫作画。少顷，当他将纸重新粘贴到黑板上的时候，一朵娇艳的花已经开在上面。原来，教授把纸翻了过来，用纸的另一面作画。

"不要只看到纸的一面，只要用心，就可以发现机会。"教授的话一直回响到今天。翻过来是绝境逢生，翻过来是柳暗花明，翻过山坡，山坡的背面竟然鲜花灿烂……

感悟

创新是人最优秀的品质。不再拘泥于条条框框，敢于打破常规、变换思维，你会发现，荒芜凄凉的沙漠中也有令人惊喜的绿洲。

内外皆柔软

林清玄

日本京都大仙寺的住持尾关宗园，是当代著名的禅师，也是有名的演说家。

由于对自己的经验极有信心，有一次他接受了一个中学的演讲邀约，并没有约定题目，他心想大概和平常一样，谈一些教化的演讲。

演讲当天，学校的老师开车来接他，他问学校的老师说："请问今天演讲的题目是什么？"

老师说："学校的毕业旅行准备参观大仙院和市内的主要寺院，所以想请你对学生谈谈京都的历史、古寺和名胜的由来。"

尾关宗园听了大吃一惊，非常紧张。

因为他对京都的历史、古寺、名胜的认识浅薄，实在没有内容可以告诉学生。

中学老师看他不知所措的样子，还笑着安慰他说："你别想得太难，只要放轻松就可以了。"

尾关宗园内心直打寒战，眼前一片迷蒙，感觉到学校的路上时间好像一个世纪那么长，直到和学校校长、老师打招呼时，心里还在想："我究竟该说些什么？"

他在毫无准备的情形下上台演讲，因为太紧张，上阶梯时，突然绊了一跤。

全场学生哄然大笑，这一笑，使他释然了，他心想："再也不会有比跌跤更糟的事了。"

于是，他说："说真的，临时要我介绍京都的历史、古寺、名胜的由来，真是太难了，所以，我在半途就好想逃回去。"

学生又是一阵笑声，这次不是轻视地笑了。

尾关禅师完全释然放松，做了一次成功的演讲。

在讲台绊倒的那一跤，使他恢复了平常心，从"非这么做不可"转换成"这样做也可以""那样做也可以"，本来的恐惧也因为无心的跌跤而消失了。

这是尾关宗园在他的著作《大安心》中的一段回忆，他的结论是："因为时钟的滴答声而睡不着，心里总是惦记着时钟的声音，这是一个缺乏安定感的自己。在不知不觉中睡着，而不在乎时钟的声音，就等于与它合而为一、变为一体了。"

平常心也是无心的妙用，心里想着"要睡一个好觉"的人，往往容易失眠。心里计划着"要有一个美好人生"的人，总是饱受折磨。

"外刚内柔"的人，一旦受到挫折，就容易走极端。

"外柔内刚"的人，则会自我挣扎，难以放松。

唯有内外都柔软，没有预设立场的人，才能一心一境，情景交融，达到心境一体的境界。

我和尾关禅师一样，也常常去参加不知题目的演讲，也有惶恐、紧张的时候，我总是想到这句话就释怀了："再也不会有比跌跤更糟的事了。"

感悟

人最大的敌人就是自己，自己将自己打败，自己为心里设置了多种障碍，这么做只会陷入更深的困境无法自拔。试着放松心态，内外皆柔，你会发现战胜自己，自然就战胜了困难。

另一种快乐

梅 青

有一位中国的 MBA 留学生，在纽约华尔街附近的一家餐馆打工。一天，他雄心勃勃地对餐馆的大厨说："你等着看吧，我总有一天会打进华尔街的。"

大厨好奇地问道："年轻人，你毕业后有什么打算呢？"

MBA 很流利地回答："我希望学业一完成，最好马上进入一流的跨国企业工作，不但收入丰厚，而且前途无量。"

大厨摇摇头："我不是问你的前途，我是问你将来的工作兴趣和人生兴趣。"

MBA 一时无语。显然他不懂大厨的意思。

大厨却长叹道："如果经济继续低迷下去，餐馆不景气，那我就只好去做银行家了。"MBA 惊得目瞪口呆，几乎疑心自己的耳朵出了毛病，眼前这个一身油烟味的厨子，怎么会跟银行家沾得上边呢？

大厨对呆鹅般的 MBA 解释："我以前就在华尔街的一家银行上班，天天披星戴月，早出晚归，没有半点自己的业余生活。我一直都很喜欢烹饪，家人、朋友也都很赞赏我的厨艺，每次看到他们津津有味地品尝我

烧的菜，我就高兴得心花怒放。有一天，我在写字楼里忙到凌晨 1 点钟才把事情做完。当我啃着令人生厌的汉堡包充饥时，就下定决心要辞职，摆脱这种机器般的刻板生活，做我热爱的烹饪职业，现在我生活得比以前要愉快百倍。"

感悟

　　都说不想当将军的士兵不是好士兵，其实想与做是有差别的。做了将军的士兵，不一定就是个好的将军；而没有做成将军的士兵，却可能是一名优秀的士兵。衡量成功的标准不是权利与财富，而是自身的幸福与满足。

"黑贝"发祥地的震惊

王建华

赫赫有名的德国"黑贝"警犬，曾几何时，誉冠全球。

它们，以首屈一指的凶猛威武和坚韧顽强的优秀品质，追捕穷凶极恶的罪犯、嗅出秘密隐藏的危险物、协助警察维护公共场所的安宁……即便是最凶悍暴虐的犯罪分子，一旦进入"黑贝"的视野，也会心惊胆战，不得不认真考虑自己若顽抗会有怎样的后果。

几十年来，世界各地军警界不知有多少家都首选认定了"黑贝"这种优良猛犬为缉凶得力助手。为此"黑贝"发祥地的乡亲们感到分外骄傲和自豪。然而，就在前不久，事情突然发生变化，"黑贝"老家的警界正酝酿着要淘汰掉所有正使用着的"黑贝"，而起用另一种法国犬种"布赛龙"……

此消息令世人大吃一惊。

人们纷纷猜测这是怎么了。可随着详情公布后，人们又觉得此事实属无奈。原来，如今的"黑贝"，大多是在极度宠爱的环境中接受百般呵护成长起来的，变得温良大于勇猛。而与之形成强烈反差的是，法国的"布赛龙"则整日历经异常残酷的搏斗，人们放手训练它们去与凶悍残暴的野猪厮杀……所以，练就了它们 110 英镑的大

块头、凶猛、机警、铁嘴钢牙，即使厚厚的野猪皮都能被它们咬穿……于是，德国警界为了能更有效地缉凶，再三比较，最终将目光落在了新培育出的"布赛龙"犬种身上。

消息公布后，"黑贝"发祥地的不少乡亲流泪不已，感慨万千。

这震撼，让人感悟更多更多……野鸭，在野性十足时能展翅飞翔，而被驯化后，翅膀却退化得只成了"摆设"；海豚，原先有四肢，能行走，但长期进入水中生活后，四肢就逐渐退化成了鳍状；清朝八旗将士，浴血奋战，打下了江山，可他们的后代——八旗子弟，却因生活日渐安逸，渐渐贪图享受……于是父辈们的"刀光剑影"、"鼓角齐鸣"、"文治武功"……一代代退化。最终，原本赫赫威势的大清帝国，终于轰然倒塌了。

只一个"用进废退"，便足以为"黑贝"警犬的退役、为大清帝国的覆灭做出诠释！

用，则进步；不用，则废退。此理，千秋万代，无任何事物能超之于外啊。

感悟

　　追求成功就需要有一颗时刻准备迎接挑战、战胜困难的心。细节决定成败，心态主宰机会。安逸的环境只会让人磨平棱角，失去斗志。如同苍鹰失去了在翱翔天际的机会，就会与地上猥琐的家鸡无异。

你不能失败

刘墉

今天我在学校体育组见到一件怪事，当时球队正为晚上的比赛做练习，突然接到一个队员从地下铁车站打来的电话，说是因为天气一下转凉，他穿的衣服太少，如果站在冷风里等公共汽车会感冒，所以希望队友开车去接他。

从学校到地下铁只有 15 分钟的路，真是再简单不过的事，可是你知道球队的教练怎么说吗？

他居然说："电话不要挂，先问他感冒没有，如果还没有感冒，就立刻去接。假使已经感冒，再冷一会也不要紧，就自己吹风，坐公共汽车来吧。"

我听了大吃一惊，颇不以为然。岂知教练有他的道理：

"如果已经感冒，今天晚上当然是泡汤了，又何必浪费别人的时间去接，而且影响了大家的练习。本来迟到就不应该，天气多变，不注意身体，更不应该。自己不小心，且不以团体为重，谁又能管得了他！"

这件事使我想起国内的一位企业家朋友讲的话。他说："在我的公司里，如果一个人 40 岁还没有升迁到主任，就永远不必再想这个位子，因为临退休爬上来已经嫌迟，既然不可能再由主任的位子往更高阶层爬，就乖乖地待在下面，免得影响了其他有冲力

的人。"

他的理论虽不尽然对，但是跟下面西方哲学家赫伯特的这几句话，不是很相似吗？

"一个人如果20岁时不美丽、30岁时不健壮、40岁时不富有、50岁时不聪明，就永远失去这些了！"

这个世界是不等人的，它残酷得甚至不能给予失败者一点同情心。

譬如在一组人执行秘密的战斗任务时，如果其中一个不幸受伤而无法继续前进，为了怕他被俘之后泄露军机，造成整个行动的失败，领导者可能不得不将其灭口。

譬如几个人同去爬山，以绳索相连攀缘峭壁时，如果一人失足，悬在半空中，费尽方法不能解救，而其他人却可能因此都被拖下深谷时，只有割断绳索，将那人牺牲。

谁希望受伤？谁希望失足？

谁又能责怪他受伤与失足？

只能责怪命运，而命运常常是残酷的！

相信你一定在电影里看过，当马腿关节受到重创时，主人常不得不将它一枪打死。我曾经问一位马术教练，难道那马断了腿，就活不成了吗，为什么非要置之于死地？

他说："当然能活！但是身为一匹马，不能跑了，就算活着，又有什么意义？"

以上，我讲了许多残酷的故事给你听。因为你已经是可以接受这种事实的年龄，未来也将面对这些残酷的现实。

"你必须成功，因为你不能失败！"

这是一句非常莫名其妙的话，却有耐人寻味的真理！

感悟

尽管失败是不可避免的，但我们既然选择要成功，就要为之努力奋斗，甚至不惜最大的能量与意志。因为心在跳，是心对生命的责任。

一片叶子拥有树

邓康延

一片叶子在拥有一棵树之前，先拥有阳光和信心。

一位美国大学毕业生疾奔进加州报馆问经理："你们需要一个好编辑吗？""不需要。""记者呢？""也不。""那么排字工、校对员呢？""不，我们现在什么空缺也没有。""那么你们一定需要它了。"大学生从包里掏出一块精致的牌子，上面写着："额满暂不雇用"。

结果，这位年轻人被留下来负责该报馆的宣传工作。他从未怀疑他这片叶子最能使大树更风光。

在深圳人才市场门口，有一位来自江西的大学毕业生，长而蓬乱的头发透露出求职谋生的不顺。可他非常达观："来这儿的好多知识分子因为人才市场设在菜市场中间心理不平衡。为什么要那么看重形式呢？人才也是特殊商品，就得让买卖双方挑挑拣拣，让大家都有机会选择最佳契合。为了适合环境，我已调整了择业方向，今天也已经找到了一份工作，先干起来再说。"这位小伙子明白，要想绿满枝头，先要萌生枝头。在当今的深圳，有许多建基立业的青年，在

初闯特区时，除了激情，曾是一文不名。

与西方青年相比，中国青年在求职、创业方面，似乎还缺少些自信与变通。可喜的是，飞速发展的商品经济社会正教会我们所缺少的东西。这一过程会充满痛苦，但也不乏幽默。我们何妨好运时揶揄自己一下，厄运时调侃自己一番，只是不要无为地静候下一个伤口。一片叶子只有一个季节，在这一个季节里，它完全可以是树的主人。所谓年轮便是由季节的叶子填写的。

"人生下来不是为了被打败的。"海明威隔着两万海里重洋说。"天生我材必有用。"李白隔着一千年的山丘说。

不只是一种精神状态，也是一种生存实践——一片叶子拥有树。

感悟

一片叶子拥有树，一只小鸟拥有天空。在人生的险滩中，在生活的荆棘丛中，不要因为自己的渺小就放弃心中的愿望，要勇于开拓、积极进取，在生活中留下奋斗的痕迹，在生命中感悟无悔的青春。

主宰自己的命运

公孙欠谀

家乡最常见的粮食就是土豆，最常见的菜也是土豆，家乡那些地里也就只能产土豆。

土豆是从小吃土豆和大的，所以他爹就给他取名叫土豆。土豆是村里唯一的高中生，毕业那年考上了大学，他家里没有钱，土豆就把录取通知书往怀里一揣，到广东打工去了。

他的工作是扛电线杆，在新开发的大街两旁，几个人一起把汽车运来的电线杆卸下，每隔20米放下一根，再由其他人来挖坑立起。干这份工作每天赚20块钱，管吃管住；住的虽然是工棚，但能遮风挡雨，总比露宿街头要好；吃的虽然差些，但管饱，最主要的是每顿都有他爱吃的土豆。

土豆的吃法很多，但工地上的人只会做一种，永远是"民工土豆"。所谓"民工土豆"，就是把土豆切成片，用油炒水焖，有时放点葱段，有时放点酸菜，有时放点青椒。因为这种做法只有工地的民工常吃，就有人给它取名叫"民工土豆"。虽然"民工土豆"也很好吃，但常吃也会让人反感。有一天吃饭时，土豆说："这'民工土豆'什么时候也该换换了，咱们也来吃点'贵族土豆'。"旁边的人都笑他说："能吃饱已经不错了，还想什么贵族！"土豆不服气地说："等我做给你们吃，同样的土豆，我做的就一定好吃！"

这话刚好被路过的工地老板听到了，他停下脚步看着土豆问："此话当真？"

"当真！"土豆回答。

老板说："好，今天你就去厨房，让大家吃你的'贵族土豆'。"民工们一阵哄笑，说吹牛的遇上了较真的了。

一言既出，驷马难追，土豆立即就去了厨房。下午，民工们就吃上了凉拌土豆丝和南瓜焖土豆，还有土豆泥汤。土豆也因此一直留在了厨房。

一天，老板把土豆叫去要给他加薪，土豆说："薪也不必加了，我已经存了几千块钱，准备回家参加今年的高考，我想上大学。今后的学费，可以靠勤工俭学来解决。"

老板说："我知道你的价值不只是当一个民工，也不只是在厨房做土豆。"

土豆说："一个土豆如果在街边烤着卖，最多能卖 5 毛钱；如果拿到肯德基、麦当劳炸成薯条，最少要卖 10 块钱。如何体现不同的价值，不在土豆本身，而在挑选土豆的人。"老板听了眯着眼睛一笑，然后说："你不是有张大学的录取通知书吗？拿出来我瞧瞧。"土豆从包里取出通知书递过去，老板看了看说："好的，你今年就回去参加高考吧，要是考上了由公司供你读书，毕业后回公司工作，怎么样？我们可以签份协议。"

四年后，土豆大学毕业回来，担任了老板的助理。一天他对老板说："我们家乡有很多土豆，公司可以去开发相应的食品加工，我已经做好了市场调查。"

"你想把肯德基、麦当劳弄到那里去做炸薯条吗？"老板问。

"不一定要炸薯条，但一个土

豆一定要卖10块钱。"土豆坚定地说。

老板看着土豆，慢慢地说："早在几年前，我就看出来了，你的'贵族土豆'永远是卖不完的，给我拿份书面的论证出来。"

"是！"土豆坚定地说。

感悟

　　命运不是上天赐给你的，而是自己打造的。它需要不断地在生命的烈火中煅烧，不断在理智中冷却，才能放射出璀璨的光芒。所以，不要迷信命运，不要放任自流，相信你的双手，它才能为你创造美好的明天。

人生如打牌

萧 章

艾森豪威尔年轻的时候，经常和家人一起玩纸牌游戏。一天晚饭后，他和往常一样，又一次和家人一起打牌。谁知这一次他的运气特别差，每次抓到的都是很差的牌。开始他只是有些抱怨，到后来，他实在忍无可忍了，便发起了少爷脾气。

他母亲看不下去了，便正色说道："既然要打牌，你就必须用手中的牌打下去，不管你的牌是好是坏，好运气是不可能都让你碰上的！"

艾森豪威尔还是不理解，依然感到气愤。这时，他的母亲又说：

"人生就和打牌一样，发牌的是上帝，不管你手中的牌是好是坏，你都必须拿着，你都必须面对，你能做的，就是让浮躁的心平静下来，然后认真对待，把自己的牌打好，作最好的发挥，力争达到最好的效果。这样打牌、这样对待人生才有意义！"

艾森豪威尔觉得母亲的话不无道理，便一直牢记着母亲的这句话，用母亲的这句话激励自己的人生，不再一味地抱怨生活，而是以一种平静加进取的心态，以一种积极乐观的生活态度，去迎接人生中的每一次挑战，勇敢地面对人生中的挫折和不幸，尽自己的最大努力去做好人生的每一件事……就这样，他这个平民家庭出身的人，一步一个脚印地向前迈进，成为中校、盟军统帅，最终走进了美国的总统府，成了美国历史上的第三十四任总统，并于1956年连任成功。

此后，艾森豪威尔还不时地提到这件事。艾森豪威尔去世以后，约翰逊给了他这样的评价："勇敢和正直！"显然，他的这种勇敢和正直正是承袭了母亲当年的教诲。的确，人生如同打牌，你无权发牌，只能正视自己的运气，正视自己手里的牌，积极乐观地打下去，而且要尽自己的最大努力，去打好每一张牌，从而求得最好的效果，除此之外，你别无选择！

感悟

谁都不可能一直握有人生的好牌，好运气也不可能一直伴随着你，这正像生命中那些不可避免的风雨，我们只有两种选择，要么在雨中一味地抱怨、叹息，要么平心静气地去寻找一把雨伞，为自己撑开一片晴空。

淡泊宁静乐常有

阿 润

这是一则被人反复引用的故事：

有一位富翁在电视上播出一则广告，任何人只要证明自己对生命真正满足了，就可以得到 100 万元的奖金。

广告播出的第二天，前来应答的人络绎不绝。有的人理由是有个美满的家庭，有的人理由是有份称心的工作，也有的人说自己获得了理想学府的学位，林林总总，各有各的说法。

尽管如此，却始终没有人能拿到那笔奖金。因为没有人能满意地回答出富翁的反问："既然你已经满足了，为什么还想要那 100 万元呢？"富翁的反问问得非常好，让人深思。

世界上本没有十全十美的事物，但有人偏偏要去追求。有的人嫌自己的相貌不够英俊、俏丽，便不惜一切去整容；有的人嫌自己的妻子不够漂亮，便在外面拈花惹草；有的人嫌自己的帽子不够高，位子不够显赫，便不择手段一心向上爬；有的人嫌自己的财富不够丰厚，便想方设法制假贩假……这些过分的追求到头来也是枉然，最终害苦了自己。

金无足赤，人无完人。生活中也会存在这样那样的不足。但是否值得我们刻意地去填充它呢？

　　俗话说，知足者常乐。知足的人，是快乐的；知足的人，不会怨天尤人，不会自暴自弃，不会自寻烦恼，不会大喜大悲。因为他明白，以一颗平常心对待世界，那份淡泊，那份清静，那份安宁，是很珍贵的。这样的人生，看似平凡，其实很丰盈、很精彩。

感悟

　　知足者常乐，这是一种生活的境界。它不是让人们甘于平庸、不思进取，而是让人们懂得适可而止，才会收获内心的宁静与淡泊。现实世界中有多少人在不停地追名逐利，欲壑难平，结果身心俱损，回头已晚。牢记这句箴言，我们定会获益匪浅。

泥泞留痕

菊 上

鉴真大师在剃度一年多以后，寺里的住持还是让他做行脚僧，每天风里来雨里去，辛辛苦苦地外出化缘。要知道，这几乎是寺里人都不愿意干的最苦最累的苦差事。

有一天，日已三竿了，鉴真依旧大睡不起。住持很奇怪，推开鉴真的房门，见鉴真依旧不醒，床边堆了一大堆破破烂烂的鞋。住持叫醒鉴真问："你今天不外出化缘，堆这么一堆破鞋子干什么？"

鉴真懒洋洋地打了个哈欠，愤愤不平地说："别人一年连一双鞋子都穿不坏，我刚剃度一年多，就穿烂了这么多鞋子。"

住持一听就明白了他的弦外之音，微微一笑说："昨天夜里下了一场大雨，你随我到寺前的路上看看吧。"

寺前的路是一块黄土坡地，由于刚下过一场透雨，路面泥泞不堪。住持拍着鉴真的肩膀问："你是愿意做个天天撞钟混日子的和尚，还是愿意做个能光大佛法的名僧？""我当然想做个名僧了。"

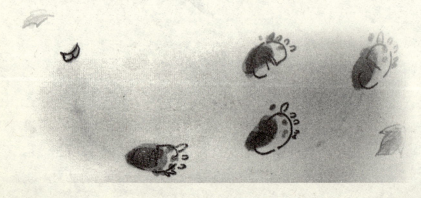

住持捋着胡须接着说："你昨天是否在这条路上走过？"

鉴真回答："当然。"住持接着又问："你能找到自己的脚印吗？"

住持没有再说话，迈步走进了泥泞里。走了十几步后，住持停下了脚步说："今天我在这路上走一趟，你是否能找到我的脚印了呢？"

鉴真答道："那当然能了。"

住持听后拍拍鉴真的肩膀说："泥泞的路上才能留下脚印，世上芸芸众生莫不如此啊！那些一生不经历风风雨雨、碌碌无为的人，就像一双脚踩在又干又硬的路上，什么足迹也没有留下。"

鉴真顿时恍然大悟：泥泞留痕。

感悟

泥泞的路方能留住脚印，不经历风雨怎能见彩虹，相信你我都不会愿意让自己的努力如雪泥鸿爪，转瞬即逝。那么，迈开大步，勇往直前吧，在人生的大路深深地烙下坚实的痕迹，证明我们曾经来过。

真心无价

朵 拉

孔子有一大来到郊外，看见有个妇人在伤心地哭泣，就叫弟子去询问原因。

弟子来到妇人面前，问道："我的老师孔夫子问你为什么哭得如此悲痛呢？"

妇人回答："我刚刚割草的时候，把丈夫送给我的那支用菁草编的簪子弄丢了，怎么找都找不到，所以很难过。"

弟子不明白："不过是一根菁草编的簪子，太普通了，也不值钱，你用得着那么悲伤吗？"妇人说："那是亡夫送给我的定情之物，不是普通的簪子呀，所以我才会那样悲痛。"

孔子听过以后，对弟子们说："真心真情，哪怕是一根草做的簪子，也比金和玉的簪子更有价值。"

礼物的价值不在于金钱的多寡，让人感动的是送礼人的真心情意。

曾经有个朋友收到过很贵重的生日礼物———一间双层独立式洋楼。许多认识的朋友听说了都羡慕她。可惜送她礼物的人仅过两年就不在她身边了，对他眷恋不舍的她黯然流泪问："是不是可以用这间房子交换他的心？"

人心的价值又是多少呢？如果他的心是可以用物质来交换的，她还想要拥有吗？

在一个黄昏，几个朋友在喝茶，M 突然站起来，说是要赶着回去，大家纷纷开口挽留他："再坐一会儿嘛。""那么久才见一次，这样紧张要回去干吗？""好不容易老同学都有时间，你别急着走。"

"不行。"M摇头，"我答应太太每天黄昏陪她散步。"

"一天不散步也没关系呀！"

"是嘛，散步有那样重要吗？"

M笑笑，坚决地说："不可以，早就说好了，这是我今年送给她的生日礼物。"

真没想到"每天一同去散步"也可以成为一份礼物。时常为生意而忙碌不堪的M，能够坚持天天挤出一段时间来陪太太散步，对他太太来说，这真是一份温馨可贵、意义深重的礼物。

年轻时候比较浅薄，认定凡是节日，非要送礼。在岁月的长河中不断淘洗后，终于明白真正有情，在乎一心。丰沛深长的情意，是任何礼物都不能替代的。

感悟

　　一根草编的簪子，一段散步的时光，看似平常，而其中蕴藏地深情厚谊又怎能用金钱来衡量呢？对于我们来说，真挚的感情才是无价之宝，因为它能长久地留存在我们内心的深处。

性定菜根香

刘燕敏

他曾经是一位总统，如今住在寺庙的一间小禅堂里。没有重大问题等着决策，没有重要文件需要批阅，没有外国使节等着接待。他每天的工作只剩下两件事——拜佛和念经。

一天，寺庙的住持来探望他，他放下手中的经书，指着房前的一棵桂树，问："师父，庙里的桂花为什么这样香？"

住持说："哪儿的桂花不香呢？"他说："总统府的桂花就没有香味！"

住持有些奇怪，说："总统府的桂花全是从雪岳山移过去的，怎么能没有香味呢？"他说："我在那儿十几年，总统办公室前面就有一棵桂花树，我从没有闻到过香味。"住持说："据我所知，雪岳山的桂花有三种，没有一种是没有香味的。"言毕，唤一童子进来，说："冬天快来了，送一盆夜来香，伴总统念佛。"

住持离去，一年后又来。总统指着小茶桌上的夜来香，说："这盆夜来香一定是名品吧？"

住持不解其意，问："何以见得？"总统说："它不仅夜里香，白天也香！"住持说："这是从房前随便挖来的一棵，它不是名品，是不能再普通的一种了。"总统说："过去我家也有一盆夜来香，可是，白天从没有人闻到过香味。这盆不同。"

住持说："过去一位禅师说过：'夜来香其实白天也很香，人们之所以闻不着，是因为白天心太躁了！'现在你能闻到香味，可能是心境不一样了。"

两年后，总统离开寺庙前往汉城，住持前来相送，说："性定菜根香，心安茅屋稳。只要心安，东西南北都好。放心地走吧！"这位总统从 1988 年 11 月进来，到 1990 年 12 月离开，在这座名叫百潭寺的小庙里，共住了两年零一个月。出去后，被韩国大法院判处终身监禁。1997 年 12 月，又被新上任的金大钟总统赦免，重获自由。这个人的名字叫全斗焕，1980～1988 年任韩国总统。

现在他住在老家，过着平民的日子。

前不久，一位记者去采访他，谈起百潭寺的经历和如今的生活，他坦诚自然，心态平和。记者回去后，写了一篇题为《宁静安详，始知花香》的文章，最后有这么一段感慨：假如你现在感觉到吃什么都不香了，看美的景致都不激动了，住大房子，坐好车，都没有幸福感了。一定是你变了，变得离真实的生活愈来愈远了。

感悟

人生如戏，戏如人生。生活的道路蜿蜒曲折，岁月改变的可能不仅仅是你的境遇，还有你的心境。沉心静气，感受生活的美好，要知道，心灵宁静悠远，花香自然芬芳。

慷慨之道

硕克贤

冬日的黄昏，我和朋友围坐在熊熊的炉火边，气氛恬适，最宜促膝谈心。这位朋友平素沉默寡言，现在却娓娓讲述自己的心事。

"我常常感到痛苦，"她说，"我没有力量对别人慷慨一点。想要送人一点儿东西也办不到。"

我知道她的情形。她丈夫接连生了几场病，家里债台高筑，还有三个孩子在读书，所以她的手头非常拮据。可是她似乎并不知道，她自己实际上是小镇上最肯帮助别人的人。

"我觉得，你是最慷慨的人了，"我说，"让我把其中的道理说给你听。"

我们首先谈到钱，因为钱所代表的慷慨，是大家所最熟悉的。可是我认为，真正的慷慨是另外一种表现。

某年，纽约闹流行性感冒，病人使医生和护士应接不暇。纽约市某俱乐部的若干会员决定助一臂之力。他们都是上了年纪的富人，如果捐出一大笔钱来，实在易如反掌。但是他们没有那样做，却穿上自制服，为医院擦地，替病人洗澡，侍候病人，安慰垂死的病人和死者的家属。疲劳和传染都不能减少他们的热心。这才称得上真正的慷慨，因为他们不是出钱，而是献出自己。

一位朋友告诉过我，他的太太送他一株木兰作为生日礼物的故事。那一天，他回家比较早，看见邻家的孩子在他的前院挖坑，他觉得很奇怪。

"那孩子告诉我，他知道我的太太要送我一株木兰。他接着说：

'我很穷，但我也想送你一件礼物。就是这个坑。'我心里感动极了！"

　　一方慷慨地给予，另一方应该欣然接受。受礼而不领情，反而伤感情。有一次，我在路上遇见一位朋友的丈夫，他提着一个漂亮盒子，满面春风地告诉我："我的太太一直想要一件皮大衣。这两年我省吃俭用，现在终于买来了——我要送给她，庆祝我们结婚十周年纪念日。来，你到我家来，看看她高兴的样子。"到家后，他的太太打开盒子一看，却说："哎，你怎么搞的？你晓得，我们现在多需要一块新地毯……"

　　我记得另外一种受礼的态度。一位有钱的太太，她想要的东西都有了。有一天，她无意中谈到需要一样小东西，可是没有空上街。我觉得可以替她效劳。想不到她竟眼泪汪汪地说："你真好，肯为我跑那么远的路！"我不过花点儿时间，她却那样感激涕零，使我觉得反倒欠了她的情似的。我发现，最好的礼物莫过于自己的时间。礼物没有送礼者自己的情分，便没有意义；任何礼物都不如时间所包含的自我情分多。可是许多人宁愿花钱，而吝啬时间。

　　许多做父母的，表面看起来非常慷慨，为孩子花许多钱，买这买那。有时自己省吃俭用，却往往宠坏了子女。明智的父母就知道，在子女身上花钱，不如花时间。

　　一位企业家问他的邻居："你想不想知道，我送给儿子的圣诞礼物是什么？"

　　他的邻居以为一定是什么值钱的东西，事实却在他的意料之外，那礼物原来只是一张纸，上面写道："儿子：我每天空一小时给你，星期天两小时，你高兴怎样我们就怎样。爸爸。"

　　送礼物不必花太多钱，送时间也不必太多。如果匀不出一个下午去探望朋友，可以打电话向他致意；如果写信太费事，可以寄一张明信片。

　　多数人都有慷慨之心，所幸表达慷慨的方式也很多。为别人的幸运和成功而庆幸，是一种慷慨；能从别人的观点看事物，

容许别人有自己的意见和特色，也是一种慷慨。此外，圆通，避免鲁莽的言行；耐心，倾听别人的诉苦；同情，分担别人的悲痛，都是慷慨。

在一切慷慨行为中，最难能可贵的也许是以君子之心度人——不传播恶意的谣言；凡事往好处想，不往坏处想。不久前，这位和我围炉谈心的好友发现某人被造谣中伤，地方上的人都看不起他。她不辞辛劳，追究出谣言的来源，使造谣者不得不公开道歉。

"刚才我们所谈的这些慷慨，你都可以媲美，"我告诉她，"你为了别人，真是太慷慨了。"

炉火辉映下，我看见她面露笑容，虽然不能完全相信我的话，却也抑制不住喜悦，好像是得到了出乎意料的安慰。

感悟

　　以君子之心度人，以宽容之心处世，以博爱之心奉献，你就能明白什么是真正的"慷慨之道"。所以，不要为今天的烦恼而放弃明天的美好。幸福虽然不一定总眷顾你，但帮助别人获得幸福不也令人愉悦吗？

灯芯将残

刘洪顺

　　有一位医术高明的医师，不但热心救人，并且收费低廉，远近的居民都喜欢找他医病。

　　一天，来了一位半身不遂的白发老翁，坐在轮椅上，由儿子推着走。

　　"无论如何，拜托你救救我父亲……"四十多岁的大男人，哭得像婴儿一般，"看了好几位医师都没有起色，我只想让他多活几年。千万拜托，大夫。"

　　医师仔细量脉搏、血压，作了心肺检查后，开了一张药单，并特地叮咛："回家以前，不妨上三楼佛堂坐坐。"

　　男人听了一头雾水，只当医师是在安抚病患情绪，没放在心上。

　　匆匆地过了两个月，男人又推着老父亲来看诊。仔细检查、开药方后，医师再度嘱咐他陪父亲去三楼佛堂坐坐。

　　但男人依旧没在意，拿了药便推父亲走，心想这个医师还挺鸡婆的。

　　直到第三次看诊，开完药方后，医师拦住他，按下电梯一同前往三楼佛堂。

　　三人默默浏览素雅的茶几、盆栽和书架上的善佛经。8坪大的空间里，除了清水和两碟笑香兰之外，橙黄的酥油在供桌

上无烟焚烧，沉睡在火焰的梦里……

　　"我请你们上来坐的原因，是看看油灯里的灯芯……"医师指着前方说，"每一盏油灯都需要灯芯，有最好的油却没灯芯，还是无法燃烧。每当油快要烧光，灯芯剩下一小截时，我就会想：再添些油到容器里，应该可以延长灯芯的寿命吧，于是我真的这么做了，结果你们猜怎样？"

　　望着满脸疑惑的父子二人，他缓缓说道："我总是贪心地倒进太多的油，结果不是火焰变得极微弱，就是灯芯根本烧不起来。试过好几次以后，我才明白：要让灯芯发出最自然的光芒，只有一个方法，就是在容器内注满油，让灯芯一路烧完，油尽灯枯，再重新添入新油、换上新灯芯，这才是点灯的正确方法。"

　　男人恍然大悟，默默点头，含泪推着轮椅上的老父离去。

　　容器是命运，油仿佛是我们身处的世界，而灯芯就像是肉体躯壳一样。

　　一个生命终止，另一个新生命诞生；有死才有生，生生不息。

　　油灯将残，就让它残吧，花之将萎，任它枯萎吧，残败枯萎只是一种游戏，灵魂却在不凋不残的大化时空里，穿梭旅行。

感悟

　　"生如夏花之绚烂，死如秋叶之静美"，死生在所难免，生命不会因为你的留恋而永恒。所以，不要为生命的新陈代谢而困惑，把握今天，努力证明自己存在的价值，这样在生命的尽头，你才能安然快乐，无怨无悔。

循序渐进的生命

马鑫良

在印度洋海岛上，有一种红嘴的鸟，它的颜色深浅决定了在异性眼里受欢迎的程度。那些一心想让自己变得更受异性欢迎的鸟，必须调整体内的胡萝卜素。研究表明，胡萝卜素是促使颜色变红的主要原因，但同时也是鸟体内免疫能力不可或缺的重要元素。在异性鸟眼里，深度红嘴的鸟是鸟中精英，因为它有足够的胡萝卜素。尽管生物学家证明有很大一部分鸟是打肿脸充胖子，事实上把太多的胡萝卜素集中到嘴角的颜色装饰上会削弱体内正常的免疫能力，但为了异于同类，在竞争中取胜，以至于鸟红"嘴"薄命。

关于鸟的故事让人往往想到人的生命。我们是不是会比这只鸟更聪明呢？很多时候我们忽视了生命的能量正被我们的无知和幼稚一点点地消耗，在没有能力储蓄时却过早地耗费了生命的资源，缩短了生命。

我的一个朋友在考研的路上过多地透支了生命，尽管学有所成，但健康却成了问题。他感慨道："其实我们的生命很长，没有必要一下子把生命的能量全部释放出来，循序渐进的生命对一般人来说是更重要的。"

我们的生命如同一张储存货币的卡一样，只有我们不断地往里面存，适当地往外取，才能保证这张卡的价值。当我们无限制地透支时，这张卡不但没有了价值，反而成了负担和累赘。

一位作家曾经讲述过一个故事：一位计算机博士在美国找工作，他奔波多日却一无所获。万般无奈，他来到一家职业介绍所，没出示任何学位证件，以最低的身份作了登记。很快他被一家公司录用了，职位是程序输入员。不久，老板发现这个小伙子的能力非一般程序输入员可比。此时，他亮出了学士证书，老板给他换了相应的职位。又过了一段时间，老板发觉这位小伙子能提出许多有独特见解的建议，其本领远比一般大学生高明。此时，他亮出了硕士证书，老板立刻提拔了他。又过去了半年，老板发觉他能解决实际工作中遇到的所有技术难题，在老板再三盘问下，他才承认自己是计算机博士，因为工作难找，就把博士学位瞒了下来。第二天一上班，他还没来得及出示博士证书，老板已宣布他就任公司副总裁。

这个作家的意思是一个人要懂得生命的迂回，在没有机遇时要善于储蓄智慧，而不可把自己看得过重。其实，这位博士遵循了循序渐进的人生哲学，适当地保存生命价值是非常重要的。而那红嘴鸟，只凭一时的勇气来展示自己，一不小心就会透支了生命，把整个生命都输进去了。

什么样的人生才具有生命力？像一条河流一样，它在行进过程中遇到山石或者草丛的阻挡时，懂得迂回而过，从而锻炼了生命。我们甚至可以认为，河水的流动是循序渐进的，如同我们的生命，总是能听到欢快的人生之曲。

感悟

懂得迂回，懂得循序渐进，这其中蕴涵着人生的智慧。生命的进程如河水奔流，澎湃汹涌是不可或缺的过程，但是遇到暗礁，也要学会徐徐地蜿蜒而行，这样才能到达自己的目的地。

爱心不是偶然的

李 化

在波斯尼亚的一个小村庄里，住着一个名叫弗西姆的妇人，她有两个可爱的儿子和一个善良的丈夫。她的丈夫在奥地利工作，有一天，丈夫从奥地利带回两条金鱼并把它们养在鱼缸里。

不久，波斯尼亚战争爆发了，弗西姆的丈夫为国家献出了生命，而战火也毁灭了他们的家园，弗西姆只好带着孩子到他乡逃难。临行前，弗西姆并没有忘记那两条金鱼，因为那也是两条生命啊，而且还是丈夫给自己和孩子的礼物。她把金鱼轻轻地放入一个小水坑里，然后出发了。

几年以后，战争结束了，弗西姆和孩子们重返家园，而家乡却是一片废墟。弗西姆不知道怎么才能使自己的家重现生机。

忽然，她发现在她曾放入金鱼的小水坑里，浮动着点点金光，原来是一群可爱的小金鱼。它们一定是那两条金鱼的后代。弗西姆突然间看到了希望，她像看到了丈夫的鼓励。她和孩子们精心饲养起那些金鱼来。她相信，生活会像金鱼一样，越来越多，越来越好。

弗西姆和她的金鱼故事逐渐传开来。人们从各地赶来观赏这些金鱼，当然，走的时候也不会忘记买上两条带回家。也许，那金鱼象征着希望。没用多长时间，弗西姆和孩子们凭着卖金鱼的收入，过上了幸福的生活。

感悟

爱心可以创造奇迹。两条金鱼喻示着生命的活力、生活的希望。生命中，有时一个善举就能给绝望中的人们带来无限的希望，这就是善良的力量。

寻找你的未来

　　我给予所有年轻创业者的忠告非常简单：一生的时间很漫长，所以不要急于为将来作出决定。生活不会让你把什么都计划周全。

不要预支明天的烦恼

慕 云

有个小和尚，每天早上负责清扫寺庙院子里的落叶。在冷飕飕的清晨起床扫落叶实在是一件苦差事，尤其在秋冬之际，每一次起风时，树叶便会随风飞舞落下。

每天早上都需要费许多时间才能清扫完树叶，这让小和尚头痛不已。他一直想找个好办法让自己轻松些。后来有个和尚跟他说："你在明天扫地之前先用力摇树，把落叶统统摇下来，后天就可以不用辛苦扫落叶了。"

小和尚觉得这真是个好办法，于是隔天他起了个大早，使劲地摇树，这样他就可以把今天跟明天的落叶一次扫干净了。一整天小和尚都非常开心。

第二天，小和尚到院子一看，他不禁傻眼了。院子里如往日一样落叶满地。

老和尚走了过来，意味深长地对小和尚说："傻孩子，无论你今天怎么用力，明天的落叶还是会飘下来啊！"

小和尚终于明白了，世上有很多事是无法提前完成的，唯有认真地活在现在，才是最真实的人生。

感悟

人非圣贤，每日都在尘世浮沉，在七情六欲中生活，因此难免经受烦恼的折磨，利欲的炙烤。这就需要我们保持乐观向上的心境，从容面对生活，敬畏生命，从而领悟人生的真谛。

用切口证明自己

刘克升

　　小时候，住在乡下，和爷爷在院外空地种了一片西瓜。辛辛苦苦地浇水、施肥、除草、捉虫……到了盛夏，西瓜长得又大又圆。

　　瓜太多，一时半会儿吃不完，需要卖一部分出去。我和表哥推着一辆三轮车，到镇上去卖西瓜。虽说筐里的西瓜都是熟透的沙瓤瓜，可是到集市上人家都不相信。我切开了一个西瓜做样本，大家又说这是提前挑好的。

　　到了下午，我们只好推着三轮车，垂头丧气地回来。爷爷问："你们为什么不再多切两个西瓜？"我们嗫嚅着说："怕万一切出个不熟的西瓜来，连累了其他的西瓜，坏了所有的买卖。"

　　爷爷说："明天我带你们一起去卖瓜吧。"

　　第二天一大早，我们推着昨天没有卖出去的西瓜，一起来到瓜市。瓜市里卖瓜的很多。爷爷转了一圈儿，便转身拐进了镇上的一家超市，出来时手里多了一卷保鲜袋，然后拿起西瓜刀，随机切开了七八个西瓜，无一不是熟透了的沙瓤瓜。我们把每瓣西瓜都用保鲜袋裹了起来，单独出售。每瓣西瓜的切口

截面，透过保鲜袋，都呈现出了正宗的沙瓤质地，在明晃晃的阳光下，显得格外惹眼、诱人。

这些装在保鲜袋里的西瓜很受大家欢迎。我们高兴极了，操起西瓜刀准备再切几个。爷爷制止了："不用了！大家已经开始认可我们的西瓜了！没有必要再把其余的西瓜都切开了……"

话音刚落，大家纷纷拥了过来，很快把那些尚未切开的西瓜抢购一空。

爷爷喜欢读书，悟禅。讲到处世，很多年后跟我重提卖西瓜的事说："为人处世和卖西瓜的道理都是相通的！我们心中的忌讳太多，越是遮遮掩掩，越是难以让人认清我们真正的内心。当被世人怀疑，得不到认可的时候，不妨学学那天在镇上卖西瓜的方式，拿出袒露自己内心的勇气来，多给自己切两刀，学会用切口证明自己，从而赢得世人的信赖。"

很多人因为过多的顾忌，对外界时时刻刻充满了戒备，缩回了自己的真诚，把它隐藏在了内心。久而久之，形成了惰性，逐渐丧失了展露自己真诚的勇气。殊不知，人的真诚就像西瓜的沙瓤，如果不是恰到好处地切开几道切口示人，大家怎么会彻底地了解你、信任你呢？

感悟

> 每个人的心中都有忌讳，因此难以让人了解自己。但如果想赢得世人的信赖，就必须鼓起勇气，真诚地袒露自己的内心，要像露出沙瓤的西瓜那样：用切口证明自己。

在绝处寻找生机

林慧慧

曾读过一则非常有意思的寓言：

话说两条欢天喜地的河从山上的源头出发，相约流向大海。它们各自分别经过了山林幽谷、翠绿草原，最后在隔着大海的一片荒漠前碰头，相对叹息。

若不顾一切往前奔流，它们必会被干涸的沙漠吸干，化为乌有；要是停滞不前，就永远也到达不了自由、无边无际的大海。云朵闻声而至，提出了一个拯救它们的办法。

一条河绝望地认为云朵的办法行不通，执意不就范；另一条河则不肯就此放弃投奔大海的梦想，毅然化成了蒸气，让云朵牵引着它飞越沙漠，终于随着暴雨落在地上，还原成河水流到大海。

不相信奇迹的那条河，宿命地流向前方，被无情的沙漠吞噬了。

在面对生活的困境时，我们都可以选择当第二条河，凭着自己坚定的信念和梦想，在绝处中寻找生机，而不是用死亡来拒绝面对难题。

访问过一名癌病患者，她透露自己当初在被推入手术室的那一刻，不断地和上帝"讨价还价"，祈求上帝让她多活 10 年，待她那两个年幼的孩子年长一些，再来把她带走。

在那一刻，孩子成了她活着的最大的意义。为了孩子，她积极乐观地面对病魔，一路走来已有 12 年，而上帝也未向她"讨债"。她说，患病后认识的另一名女士就没这么幸运了：虽然病情相似，但她却因丈夫离开，生活失去了重心而自怜自艾，放弃与病魔搏斗。面对死神的挑战，患病不到五个月的她选择放弃，像极了在沙漠中被索汲水分至死的

第一条河。

反观前者，从最初难以接受地不断质问："为什么是我？"到现阶段能自适豁达地面对自己的病情，她显然已越过生命中干旱的沙漠，尝到了生命泉源的甘甜。

是不是没尝过茶般的苦涩，就无法体会美酒的醉人？难道我们就非得经过挫折和生活的历练，才能真正领悟出活着的意义？

我们周围有很多看似平淡无奇的人，背后其实都有着一个个发人深省的故事，待我们去观察发掘，并引以为借鉴。只要你放缓脚步，懂得在喧闹过后，于沉淀的平静中，换个角度看待周围的人和事，或许你就能从他人的生活经历中，咀嚼出生命的真味。

感悟

成功之路注定不会是坦途。遇到高山时，不妨绕个弯前行；遇到河流时不妨待其冰冻三尺再过，只是不要无为地静止或后退。路是自己走出来的，选择决定成败，请慎重选择你迈出的每一步。

骨瓷碗

阿琪

他和她来到这个城市时，还是刚刚毕业的穷学生，租住在城乡结合部简陋的村屋里，连着几个月找不到合适的工作，他越来越急躁。幸好她是师范毕业的，就做了一块牌子，站到菜场里自荐给孩子做家教，她被两个买菜的妇女看中了，于是成了两个孩子周末的家庭教师。

一个月下来，她赚了800元，交了300元的房租，还剩500元。该用钱的地方太多了，她却跑到友谊商场，捧回了两个碗和两个碟子。

碗和碟都是上好的骨瓷做的，纯正的象牙色，在低矮的出租屋昏暗的光线下，闪烁着高贵的迷人的光芒。他问她是不是很贵，她报出的数字吓了他一跳，没想到这几个小小的瓷器居然花掉那么多的钱。这么昂贵的瓷器，恐怕只有富贵之家才会用吧，她却买了，捧回了简陋的出租屋里。

那天晚上，她烹制晚餐时格外用心，豆腐被她煎得金黄，上面撒了好些葱花和香菜，摆在象牙色的高贵的碟子里，有说不出的悦目；还有一碟是青菜，被象牙色的瓷器映衬得碧绿碧绿的。和每天一样，是简单得不能再简单的菜肴，以他们的经济状况，只吃得起这样简单的菜肴。

可是，当端起她捧给他的那一碗米饭时，他的心态发生了奇妙的变化。小小的骨瓷碗手感细腻极了，高贵的象牙色映衬得罩面的饭粒每一颗都饱满、都闪着珍珠般的淡淡色泽。以前怎么没注意到米饭居然如此喷香、如此诱人呢？

那一顿他吃得很香。几个小小的瓷器让他触摸到生活的精致与高贵，在贫困与艰难中挣扎的他不再绝望。那天晚上，他把那件旧西装拿去洗衣店洗了，熨得笔挺，又亲手把那双旧皮鞋擦得锃亮。第二天，他精神饱满地出去找工了。一个星期后，他找到一份不错的工作。五年后，他已经在那家跨国公司里做到高层。

他们搬进了市郊的别墅。别墅装饰得非常豪华，很多用过的旧东西都被他们扔了，只有那几个小小的瓷器却被一直小心翼翼地珍藏着。他说，在出租屋里住了那么久，我的精神已经垮了。每天外出找工作的时候，我都忘不了自己是住在简陋的出租屋里的，连神态和举止都带了出租屋的寒酸与猥琐。可是那些精致的瓷器让我触摸到生活中久违的高雅和精致。每天使用它们，在我的精神里也注入了一种对高雅精致生活的追求，让我在困顿的环境里保持向上而不沉沦的心态。

所以说，在困顿中挣扎的人们，别忘了给自己买几个骨瓷碗。那是一种对高贵的向往，一种对美好生活的追求。

感悟

　　是未来决定心态，还是心态决定未来，值得我们思考，在艰难的境遇中，别忘了为自己开一扇窗，让灿烂的阳光照亮人生的路。

坚持与放弃

潘向黎

20世纪70年代，身体状况大不如前的拳王阿里被医生判了运动生涯的死刑，但是他凭着顽强的毅力重返拳台。他与另一位拳坛猛将弗雷泽进行第三次较量（前两次一胜一负），进行到第十四回合时，阿里已精疲力竭，濒临崩溃的边缘，"这个时候一片羽毛落在他身上也能让他轰然倒地"。但是他知道，比到这个地步，与其说在比气力，不如说在比毅力，就看谁能比对方多坚持一会儿了。于是他竭力保持着坚毅的表情和誓不低头的气势，使对方以为他仍存着体力。最后，弗雷泽放弃了，裁判当即高举阿里的臂膀，宣布阿里获胜。这时，保住了拳王称号的阿里还未走到台中央，便眼前漆黑，双腿无力地跪倒在地上。弗雷泽见此情景追悔莫及，并为此终生抱憾。

终日搏杀在职场上的现代人和当年的老拳王有共同之处。那就是，为事业、荣誉、地位而战，承受着巨大的压力，甚至达到身心俱疲、濒临崩溃的地步。这个时候，我们能否像拳王那样，拼了性命去"再坚持一下"呢？很简单，那可能会导致健康崩溃（包括身体和心理上的健康）。日本多发于壮年上班族的"过劳死"，就是这种"再坚持一下"的黑色版本。

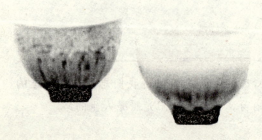

生命只有一次，对它的珍惜并不仅仅是考虑使它发挥最大功效，也应包括在功效和磨损之间合理化经营，其中最重要的一条是给自己

的追求、努力限定一个边界，当健康透支、生命受到威胁的时候，应毫不犹豫地放弃一些东西，哪怕是即将到手的成功和巨大的荣誉。放弃虽然可能带来遗憾，但是有时不放弃，你将失去一切，包括后悔的机会。从这个意义上讲，弗雷泽没有必要后悔。他的选择可能更明智、更长远，也更符合现代理念。

感悟

拳王阿里的故事给予我们战胜困难的勇气以及坚毅的信心与不屈的信念。但是，在生命与健康面前，还是应该选择放弃成功与荣誉。放弃虽有遗憾，但是生活的道路很长，生命对于我们只有一次。

沙漠之路

李雪峰

在一片茫茫沙漠的两边，有两个村庄。要到达对面的村庄，如果绕过沙漠走，至少需要马不停蹄地走上二十多天；如果横穿沙漠，那么只需要三天就能抵达。但横穿沙漠实在太危险了，许多人试图横穿却无一生还。

有一天，一位智者经过这里，让村里人找来了几百株胡杨树苗，每半里一棵，从这个村庄，一直栽到沙漠那边的另一个村庄。智者告诉大家说："如果这些胡杨有幸成活了，你们可以沿着胡杨树来来往往；如果没有成活，那么每一个行者经过这儿，都要将枯树苗拔一拔，插一插，以免被流沙给淹埋了。"

结果，这些胡杨树苗栽进沙漠后，全都被烈日给烤死了，成了路标。

沿着"路标"，这条路大家平平安安地走了几十年。

一年夏天，村里来了一个僧人，他坚持要一个人到对面的村庄去化缘。大家告诉他说："你经过沙漠之路的时候，遇到要倒的路标一定要将它向下再插深些；遇到就要被淹埋的路标，一定要将它向上拔一拔。"

僧人点头答应了，然后就带了一皮袋的水和一些干粮上路了。他走啊走，走得两腿酸痛浑身乏力，草鞋都被磨穿了，但眼前依旧是茫茫黄沙。遇到一些就要被沙尘彻底淹埋的路标时，这个僧人想："反正我就走这一次，掩埋就掩埋吧。"他没有伸出手去将这些路标向上拔一拔。遇到一些被风暴卷得摇摇欲倒的路标时，这个僧人也没有伸出手去将这些路标向下插一插。

但就在僧人走到沙漠深处时，静谧的沙漠突然飞沙走石，许多路标被掩埋在厚厚的流沙里，许多路标被风暴卷走了，没有了踪影。僧人像没头的苍蝇似的东奔西走，再也走不出这大沙漠了。在气息奄奄的那一刻，僧人十分懊悔：如果自己能按照大家吩咐的那样做，那么即使没有了进路，还可以拥有一条平平安安的退路啊！

是的，给别人留路，其实就是给我们自己留路。

感悟

茫茫沙漠中，正是众人的互助互爱，才筑起了一条安全的通道。僧人自私的想法，既无法帮助别人，又陷自己于困境。由此，在人生的道路上，我们应牢记：帮人亦是助己。

寻找你的未来

[美国] 吉姆·罗奇明 延雄 译

当我还是个十几岁的小小少年时，爸爸就极力劝阻我将来成为一名啤酒商。他终其一生都在为当地的啤酒厂酿制啤酒，却几乎难以糊口，就像他父亲和祖父酿酒为生所遭遇的一样。他甚至不想让我靠近啤酒缸。

所以我按照他的愿望行事。我学习成绩不错，考上了哈佛大学，并于 1971 年攻读研究生，得以同时学习法律和商务两个专业。

在研究生院读二年级时，我突然有所感悟。我想，除了上学，我还从未做过什么事，却要去为今后的一生作出职业选择，由此感到越来越大的压力。这很荒唐。未来会过早地将我一网打尽，比我希望的要早得多。

于是在我 24 岁那年，我决定中途退学。不用说，我的父母认为这是一个愚蠢透顶的想法。可我强烈地感到，你不可能等到 65 岁时才去做你一生中想做的事。你必须设法去找。

我卷起铺盖，踏上旅程，到科罗拉多州的"走向野外"组织当了一名教员。这是一个野外教育项目。这份工作我做起来得心应手。由于要进行大量的爬山攀岩训练，我四海为家，攀登个不停，从西雅图郊区的山崖到墨西哥地区的火山，都留下了自己的足迹。

我从不后悔花时间来"发现自己"。我觉得，如果我们能在二十几岁时用五年时间来决定我们今后的有生之年到底想做什么，那我们所有的人都会幸运得多。否则，我们只会作出别人替我们作出的选择，而不是自己把握命运。

在"走向野外"组织干了三年半之后，我准备重返校园。我完成了在哈佛大学的学业，到波士顿咨询集团谋到了一份高薪工作。这是一个智囊机构和商业顾问公司。然而，我在那儿仅仅工作了五年，便又开始满腹疑虑。我将来50岁时还会想做这份工作吗？

我记起从前的某一天，爸爸在清理我们家的小阁楼时，曾偶然发现了写在已经发黄的纸片上的几种古老的酿制啤酒得祖传配方。他曾对我说："如今的啤酒基本上都是水，上面漂浮着一些泡沫而已。"

我也这么认为。如果你不喜欢喝大批量生产的美国啤酒，那么你就只好选择时常是已经跑了气的进口货。我想，美国人花数目可观的钱，买到的却是劣质啤酒。为什么不就在美国本土为美国人酿制上乘的啤酒呢？

我决定辞职，去做啤酒商。当我把这件事告诉爸爸时，我原指望他会高兴地搂住我，为酿酒传统的复活而激动得热泪盈眶。可他却说："古姆，这是我所听到过的最没劲的消息！"

最后，爸爸像当初坚决反对我一样，转而全力支持我：在我1984年开办波士顿啤酒公司时，他出资4万美元，成为我的新公司的第一位投资商。我则把自己的10万美元积蓄投了进去，另外还从朋友和亲戚那儿筹措了10万美元。我走出原先豪华的办公室，去做一个啤酒商，这个过程有点像爬山：兴奋、自由、恐慌。我所有的安全网络都已不复存在。

啤酒酿出后，我还面临着一个最大的难题：如何把它送到啤酒消费者的手中。批发商们不约而同地说："你的啤酒太贵了；再说也没人听说过你有什么名气。"于是我便琢磨，我必须创造出一个新的品牌：美国工艺啤酒。我需要一个高雅而且能够得到公认的名字，所以我就以那位曾经帮助发起过"波士顿倾茶事件"的酿酒商和爱国英雄塞缪尔·亚当斯的名字为我的啤酒取名，叫"塞缪尔·亚当斯"。

我意识到，要把这个名字推销出去，唯一的办法就是直接将啤酒卖给消费者。我换上自己最好的名牌西服，把公文皮包里塞满啤酒和冰袋，便开始向各个酒吧出击。

大多数的酒吧招待员以为我是围内收入署的工作人员。不过只要我一打开公文皮包，他们便留意起来。我跟我见到的第一佗酒吧老板讲述我的故事——我是如何想到用我爸爸得祖传秘方开这间小小的酿酒厂的。他听了之后说："小伙子，我喜欢你的故事，不过刚开始我还不相信你的啤酒会真的那么好。"

这真是一个美妙的时刻。

六个星期之后，在"了不起的美国啤酒节"上塞缪尔·亚当斯波士顿淡啤荣获美国啤酒最高奖。其余的事情就不说了，都已成为历史。当时可没想到会出现这种情况——究竟是什么使然？不过最后，我注定做了一名酿酒商。

我给予所有年轻创业者的忠告非常简单：一生的时间很漫长，所以不要急于为将来作出决定。生活不会让你把什么都计划周全。

感悟

成功就像一颗美丽的石子，掉落在路旁的草地中。想找到它不必刻意地搜寻，只需要我们踏踏实实地走好每一步路，心情愉悦地欣赏随时闯入眼帘的美丽的花草，走着走着，成功就会不期而遇。

永不放弃你的希望

曾奇峰

在马来西亚的一个国际心理学会议上，我认识了一个俄罗斯人，他向我大力推荐他所创立的积极心理治疗理论。

他讲了他所做过的一个试验：将两只大白鼠丢入一个装了水的器皿中，它们会拼命地挣扎求生，一般维持的时间是 8 分钟左右。然后，他在同样的器皿中放入另外两只大白鼠，在它们挣扎了 5 分钟左右的时候，放入一个可以让它们爬出器皿的跳板，这两只大白鼠得以活下来。若干天后，再将这对大难不死的大白鼠放入同样的器皿，结果真的令人吃惊：两只大白鼠竟然可以坚持 24 分钟，3 倍于一般情况下能够坚持的时间。

这位心理学家总结说：前面的两只大白鼠，因为没有逃生的经验，它们只能凭自己本来的体力来挣扎求生；而有过逃生经验的大白鼠却多了一种精神的力量，它们相信在某一个时候，一个跳板会救它们出去，这使得它们能够坚持更长的时间。这种精神力量，就是积极的心态，或者说是内心对一个好的结果心存希望。

当时，我心里想着那两只大白鼠，总觉得不是滋味，就略带反感地对他说，有希望又怎么样，最后它们还不是死了。出

乎我的意料，这时，他告诉我：不，它们没有死，在第二十四分钟时，我看它们实在不行了，就把它们捞出来了。

我问：为什么要那么做？

他说：因为有积极心态的大白鼠有价值，更值得活下去，我们人类应尊重一切希望，哪怕是大白鼠内心的希望。

希望就是力量。在很多情形下，希望的力量可能比知识的力量更强大，因为只有在有希望的背景下，知识才能被更好地利用。一个人，即使他一无所有，只要他有希望，他就可能拥有一切；而一个人即使拥有一切，却不拥有希望，那就可能丧失他已经拥有的一切。

感悟

鲁迅曾说过："希望是本无所谓有，无所谓无的。这正如地上的路；其实地上本没有路，走的人多了，也便成了路。"因为有希望，人世间才多了许多绚丽的色彩，多了许多动人的旋律。

这也会过去

蒋光宇

1954年，巴西的男女老少一致认为，巴西足球队一定能获得世界杯赛的冠军。然而，天有不测风云，足球的魅力就在于难以预测。在半决赛时，巴西队意外地输给了法国队，结果没能将那个金灿灿的奖杯带回巴西。

球员们比任何人都更明白，足球是巴西的国魂。他们懊悔至极，感到无脸去见家乡父老。他们知道，球迷们的辱骂、嘲笑和扔汽水瓶子是难以避免的。

当飞机进入巴西领空后，球员们更加心神不安，如坐针毡。可是，当飞机降落在首都机场的时候，映入他们眼帘的却是另一种景象。巴西总统和两万多名球迷默默地站在机场，人群中有两条横幅格外醒目：

"失败了也要昂首挺胸！"

"这也会过去！"

球员们顿时泪流满面。总统和球迷们都没有讲话，默默地目送球员们离开了机场。

球员们对"失败了也要昂首挺胸"的理解是比较透彻的，可相比之下，对"这也会过去"的理解却不够透彻……

四年后，巴西足球队不负众望，赢得了世界杯冠军。

回国时，巴西足球队的专机一进入国境，16架喷气式战斗机立即为之护航。当飞机降落在道加勒机场时，聚集在机场上的欢迎者多达3万人。在从机场到首都广场将近20公里的道路两旁，自动聚集起来的人群超过了100万。这是多么宏大和激动人心的场面啊！

人群中也有两条横幅格外醒目：

"胜利了更要勇往直前！"

"这也会过去！"

球员们对"胜利了更要勇往直前"的理解是比较透彻的，可相比之下，对"这也会过去"的理解依然不够透彻……

后来，巴西足球队的队长开始向一些人请教，应该怎样理解"这也会过去"的含义。

真是无巧不成书。队长请教的一位老者微笑着说"这也会过去"的横幅就是他写的，并给队长讲了下面的故事：

据说，伟大的所罗门王有一天晚上做了一个梦。

一位智者在梦里告诉他一句至理名言，这句至理名言涵盖了人类的所有智慧。能使他得意的时候不会趾高气扬，忘乎所以；失意的时候能够百折不挠，奋发图强，始终保持勤勤恳恳、兢兢业业的状态。

但是，所罗门王醒来之后却怎么也想不起来那句至理名言了。于是，所罗门王找来了最有智慧的几位老臣，向他们讲了那个梦，要求他们把那句至理名言想出来，并拿出一枚大钻戒，说："想出来那句至理名言之后，就把它镌刻在戒面上。我要把这枚戒指天天戴在手上。"

一个星期过后，几位老臣兴奋地前来送还钻戒，戒面上已刻上了一句勉励人胜不骄败不馁的至理名言：

"这也会过去！"

感悟

对失败的耿耿于怀会使你陷入更深的苦闷，对成功的忘乎所以会让你坠入自满的陷阱。怀着"这也会过去"的心态，人生的天平才会公正地承载着你的梦想与希望。

改变命运的那一会儿

崔修建

那个炎热的夏天，她和三个同学结伴来到繁华的大都市上海，希望找到一份工作。然而，在人才济济的竞争中，仅仅是普通中专毕业的她们，面对那众多的高学历应聘者，只能甘拜下风，加之她们还存着高不成、低不就的求职观念，其结果可想而知了。

一晃半个月过去了，在遭遇了一次次应聘失败的打击后，三个同伴动摇了，决定返回那个偏远的山区小镇。

可她心犹不甘地坚持要再等一等，但经过了又一番紧张的寻觅和焦急的等待之后，迎接四个人的仍是深深的失望。于是，三个同伴态度坚决地要返回。

拿到返程的车票，三个同伴一边收拾东西，一边抱怨自己命运不济，偌大的城市，竟然不能给她们一份说得过去的工作。

离开车还有两个小时，她不顾同伴的劝阻，非要出去再撞撞运气——看看能否在最后一刻抓住一线希望。

一个多小时过去了，她又碰了几个钉子。这时，同伴在传呼她该去车站了。她仍不死心地说："再等一等，再努力一次。"于是，她又急匆匆地按刚拿到的报纸上标明的地址，赶赴一个新的招聘地点。

当她气喘吁吁地走进那个招聘售楼小姐的办公室时，她的同伴正在候车大厅里等着她回去，因为再有 40 分钟就发车了。

　　眼看着开车的时间就要到了，她还没有回来。三位同伴着急地议论着，说她真是犯傻了，都出来二十多天了，也没找到合适的工作，最后这 10 分钟，也绝对不会有什么奇迹的。她们不相信命运会在这时突然向她们微笑，她们带着失落开始走向了检票口。

　　焦急等待招聘结果的她，手里的车票已经攥湿了，而考核还在不紧不慢地进行着。她暗暗地告诉自己："再等一会儿，再等一会儿。"还有 8 分钟，火车就将载着她的同伴离开上海，这时，她的命运发生了根本的转变——她被这家大公司录用了。

　　经过三年艰苦的打拼，她成了繁华的大都市里一名令人羡慕的白领丽人。而与她当初同来的三位同伴，如今仍在那个经济欠发达的小镇为保住一份谋生的工作而绞尽脑汁，她们很后悔那天没有听从她的劝告。如果那天她们再多等一会儿，相信她们的人生也会是另一种走向，因为她们的综合能力与她其实相差无几，在某些方面甚至比她还要优秀。

　　表面上看，她的成功源于她比同伴多等了一会儿。实际上，就在她那执著的"再等一会儿"中，已经透露出了她必然成功的秘密——生活中的很多奇迹，都诞生于那锲而不舍的坚持之后……

感悟

　　生活中并不缺乏奇迹，可是很多人却没有机会遇见它，平庸与成功之间有时只差"再等一会儿"的执著。能力、信念再加一点坚持，梦想也许就是这么简单。

把命运转换成使命

刘云清

在古希腊神话中，有一个关于西齐弗的故事。

西齐弗因为在天庭犯了法，被天神惩罚，降到人世间来受苦。对他的惩罚是：要推一块石头上山。每天，西齐弗都费了很大的劲把那块石头推到山顶，然而等他回到家时，石头又会自动地滚下来，于是，西齐弗又要把那块石头往山上推。这样，西齐弗所面临的是：永无止境的失败。天神要惩罚西齐弗的，也就是要折磨他的心灵，使他在"永无止境的失败"命运中，受苦受难。

可是，西齐弗不肯认命。每次，在他推石头上山时，天神都打击他，告诉他不可能成功。西齐弗不肯在成功和失败的圈套中被困住，一心想着：推石头上山是我的责任，只要我把石头推上山顶，我的责任就尽到了；至于石头是否会滚下来，那不是我的事。

再讲一步，当西齐弗努力地推石头上山时，他心中显得非常地平

静，因为他安慰着自己：明灭还有石头可推，明天还有希望。

天神因为无法再惩罚西齐弗，就让他回了天庭。

西齐弗的命运可以解释我们一生中所遭遇的许多事情，西齐弗的努力也可以是我们努力工作的写照，但是，西齐弗能把命运转换成使命的方式，是否亦是我们的生活模式？

个人意识到自己的存在，认同自己的存在，已是一件不简单的事；个人能透视自己的命运，掌握自己的命运，更是件不容易的事。但是，更困难的则是把命运转换成使命，因为，使命的含义要超过神话中的内涵，它不但要替自己的存在谋求出路，它还要在感受失败痛苦中，去替人类、替世界创造快乐与幸福。

感悟

对于那些我们必须完成的事情，与其被动地接受，不如积极乐观地面对。将命运转换成使命，将使命转换成动力，充满希望地生活，心怀感恩地去迎接快乐与痛苦，我们会活得更加真实。

钻石就在你身边

程　巍

在印度，流传着这样一个神秘而动人的故事。

有一天，一位老僧拜访生活殷实的农夫阿利·哈费特，并对他说道："倘若您能得到拇指大的钻石，就能买下附近全部的土地；倘若您能得到钻石矿，借富有的威力，甚至还能够让自己的儿子坐上王位。"

钻石的价值从此深深地印住了阿利·哈费特的心里。自此，他对什么都不感到满足了。

有一天晚上，他彻夜未眠。第二天一早，他便叫起那位僧侣，请他指教在哪里能够找到钻石。僧侣想打消他的念头，但无奈阿利·哈费特听不进去，仍执迷不悟，死皮赖脸地缠着他。最后，僧侣只好告诉他："你去很高很高的山里寻找含有白沙的河。倘若能够找到，那白沙里一定埋着钻石。"

于是，阿利·哈费特变卖了自己所有的财产，让家人寄居在街坊家里，最后，自己出门去寻找钻石。但他走啊走，始终没有找到要找的宝藏。最后，他终于绝望了，便在西班牙尽头的大海边投海自尽了。

可是，这故事并没有结束，可以说还只是刚刚开始。

有一天，买下阿利·哈费特的房子的人，把骆驼牵进后院，想让骆驼喝水。后院里有条小河，当骆驼把鼻子凑到河里时，他却发现河沙中有块发着奇光的东西，他立即挖出那块闪闪发光的石头，把那块奇怪的石头带回家，放在炉架上。

不久，那位老僧又来拜访这户人家。老僧走进门就发现炉架上那块闪着光的石头，不由奔跑上前。

"这是钻石！"他惊奇地嚷道，"阿利·哈费特回来了！"

"不！阿利·哈费特还没有回来，这块石头是在后面小河里发现的。"向阿利·哈费特买房的人这样答道。

"不！您在骗我！"老僧不相信，"我一走进这房间，就知道这是钻石啊。别看我有些絮絮叨叨。但我还是认出这是块真正的钻石！"

于是，两人跑出房间，到那条小河边挖掘起来。接着，便露出了比第一块更有光泽的石头，而且以后又从这块土地上挖掘出了许多钻石。据说，后来献给维多利亚女王的有名的钻石也是出自那里，净重达100克托呢。

如果阿利·哈费特不离开家，挖掘自家的后院或麦田，这埋有钻石的土地自然就是他的了。

事实不正是如此吗？在生活中，我们常常会舍近求远，到别处去寻找自己身边本来就有的东西。

感悟

　　很多时候，我们都盲目去追求一些虚无缥缈的东西，当我们无功而返时，才发现，其实最好的就在我们身边。用心去留意你身边拥有的东西，往往它们才是你一生的财富。

不要去看远处的东西

祝师基

　　英国有一位年轻的医科毕业生威廉·奥斯勒爵士，他的成绩并不差，但临毕业时却整天愁云满面。如何才能通过毕业考试，生业后要到哪里去找工作，工作如果不称心怎么办，怎样才能维持生活……这些问题像蛛丝一样缠绕着他，使他充满了忧虑。

　　有一天，他在书上读到一句话：不要去看远处模糊的东西，而要动手做眼前清楚的事情。看到这句话后，他彻底改变了自己的人生态度，脱离了那种虚无缥缈的苦海，脚踏实地地开始了创业历程。最后，他成为英国著名的医学家，创建了举世闻名的约翰·霍普金斯医学院，还被牛津大学聘为客座教授。

　　威廉·奥斯勒爵士开始的那种心境也许我们大家都经历过。在生活中，我们常会不自觉地给自己戴上望远镜，盯着时隐时现的地方，制订长期发展的宏伟目标。我们常常看到很远的地方，却看不到眼前的景色；我们拼命地追赶，但在望远镜里看到的永远是下一个目标。我们感到沮丧，感到理想离自己越来越远，感叹人生非常艰难。当有一天有所感觉，摘下强加给自己的望远镜，才发现每一个被自己忽视过的地方都阳光明媚、鸟语

花香。

　　有一个美国年轻人，小时候卖过报纸，做过杂货店伙计，还当过图书馆管理员，日子过得很窘迫。几年后，他下定决心，用50美元开创出一片基业来。一年后，他果真有了几万美元。但当他雄心勃勃准备大干一场时，存钱的那家银行破产倒闭，他也随之一贫如洗，还欠了2万美元的外债。万念俱灰的他，得了一种怪病，全身溃烂，医生说他只有5周的时间可以存活。绝望的他写了遗嘱，准备一死了之。

　　就在这时，他突然看到一句话，幡然醒悟。他抛开忧虑和恐惧，安心休养，身体慢慢得到了恢复。几年后，他成了一家大公司的董事长，开始雄霸纽约股票市场。他，就是大名鼎鼎的爱德华·伊文斯。他看到的那句话是：生命就在你的生活里，就在今天的每时每刻中。

　　其实，两个人看到的两句话，我们可以概括成一句：生命只在今天，不要为明天忧虑。最主要的是欣赏自己眼前的每一点进步，享受每一天的阳光。

感悟

　　脚踏实地走好脚下的路，这才是正确的人生态度。一味地去捕捉明天的光彩，今天的你就始终待在黑影里。明天永远是虚幻的，就在今天此时，行动起来吧，朋友，不要再为明天徘徊。

罗纳尔多的龅牙

阿 翔

被称为"外星人"的罗纳尔多也许是世界上令后卫最头痛的前锋：足球场上，他精准的射门，惊人的起动速度以及那种无时无刻不在的霸气，足以让每一个后卫恐惧。

可又有谁知道，开始学踢球时，尽管他有非凡的踢球天赋，但他的表现却让人担忧。因为只要一上场比赛，他就紧闭着嘴唇，他宁愿把奔跑的速度放慢，也不愿意把嘴巴张开自由地呼吸，让人看到他那口龅牙。直到后来，有位细心的教练发现了这个问题，他拍了拍他的肩膀说："罗尼，你的龅牙不是你的错，在场上你应该忘记你的龅牙。你只有在球场上取得成功，才能让别人眼中只有你精湛的球技而忘记你相貌上的缺点。不然，你的缺点将永远在别人的眼中。"

自此以后，罗纳尔多在踢球时不再刻意隐瞒自己的龅牙，他张开嘴巴自由地呼吸。奇迹出现了！罗纳尔多的球技突飞猛进，并在 18 岁时就进了巴西国家队，夺得了世界杯，不到 20 岁就获得了世界足球先生的称号。

罗纳尔多功成名就后，再也没有人提起他的龅牙很难看，反倒有很多人认为罗纳尔多的龅牙很性感。

我们是不是也有刻意隐瞒、不敢示人的"龅牙"呢？

其实在许多时候，正是一些自以为"羞于见人"的缺陷，成了束缚我们成功的瓶颈，我们只有对自己的"龅牙"表示不在意，才有可能成为另一个足球场上的罗纳尔多。

感悟

自卑常常成为我们成功路上的绊脚石。其实每个人都不是完美的，过于在意自己的缺陷往往就无法大踏步地向成功迈进。抛开自卑，也许就是成功的第一步！

想成功的人请举手

王　磊

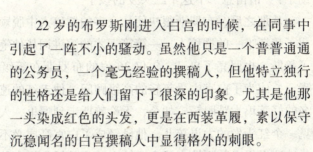

22 岁的布罗斯刚进入白宫的时候，在同事中引起了一阵不小的骚动。虽然他只是一个普普通通的公务员，一个毫无经验的撰稿人，但他特立独行的性格还是给人们留下了很深的印象。尤其是他那一头染成红色的头发，更是在西装革履，素以保守沉稳闻名的白宫撰稿人中显得格外的刺眼。

布罗斯不仅在衣着上显得与众不同，而且对自己的职业也有着不同于别人的看法。白宫的撰稿人是一个很特殊的群体，美国大部分的对外施政纲领和所有的演讲稿都由这些智囊们构思、策划、撰写、润色。从某种角度上说，他们就代表着美国的形象。所以，对撰稿人的选拔也就格外严格。他们内部也按着资历，有着严格的等级分别。而布罗斯恰恰没有看重这种严格的等级分别。刚进入白宫不久，他便根据自己从亲身实践中获得的经验，向上司陈述了一些自己的意见。可现实毕竟不是童话，布罗斯独到的见解不仅没有得到上司的青睐，而且还招来了同事们的冷嘲热讽。关系不错的朋友都在私下劝他收敛一下，免得吃亏。初出茅庐便栽了跟头的布罗斯也渐渐变得沉默寡言，但他却在苦苦地等待着新的机会。

2005 年，随着国务卿鲍威尔的辞职，白宫再次发生了天翻地覆的巨变。一朝天子一朝臣，谁也不知道自己的饭碗是否还能保住，白宫的撰稿人都暗暗为自己捏了一把冷汗。不久之后，新上任的国务卿赖斯便召集所有撰稿人开会。出乎所有人的意料，赖斯并没有裁员的意思，只是想征询一下众人如何撰写白宫演讲稿的意见。没有了失业的压力，众人又恢复了保守沉稳的本性，一个个沉默不语。会议开的非常沉闷，不时有人打着呵欠。就在失望的赖斯准备结束这鸡肋般的会议时，一个红头发的年轻人高高举起了手。众人纷纷把目光投了过去，接着爆发出一阵哄笑——又是布罗斯，这个性格叛逆的年轻人不知道又会说出什么让人吃惊的话来。这是整场会议中唯一主动举手的人，赖斯让他阐述自己的观点。面对国务卿，布罗斯显得有些拘谨，有些慌乱地陈述完了自己的想法。赖斯微笑着听完了他的话，觉得大多数的想法并没有什么新意，不过也有一些点子很有创造性。会议结束后，赖斯转身告诉身边的助手："请留意一下这个红头发的孩子。"

从那之后，布罗斯很快便从众多的撰稿人中脱颖而出。很快，他便成了赖斯唯一的撰稿人。一篇篇天才的演讲词从他笔下流淌而出，成就了赖斯，也照亮了自己。年仅26岁的布罗斯在等级森严的白宫中平步青云，成为了白宫中最年轻的高级顾问。他走红的速度甚至让以造星出名的好莱坞大跌眼镜。如今，无论赖斯走到哪里，人们都会在她身边看见一个红头发的大男孩儿。他已经成了白宫高层必不可少的成员。

这世界上并不缺少机会，缺少的只是抓住机会的决心。阻碍我们成功的往往不是无人给我们机会，而是我们没有让机会发现自己的胆量。我们之所以与成功无缘，是由于太在乎他人的看法，在机会面前犹豫不决。想成功的人请举手！在机会未来临时，我们可以恐惧、退缩、茫然无措；可当机会到来的刹那，我们必须鼓足勇气，战胜恐惧，把自己的手高高举起。没人给我们机会，我们就要给自己创造机会。

感悟

能够抓住机会，需要足够的勇气、智慧与信心。不要太在乎别人的想法与议论，在机会面前，做真实的自己。当你成功迈出第一步时，会发现机会已被你牢牢掌控。倘若犹豫不决，机会就会迅速溜走，而你也将两手空空。

像烟花那样绽放

姜钦峰

他是那种最没有前途的龙套演员。虽然参加过许多影视剧的拍摄，但在字幕上从来看不到他的名字。默默无闻，招之即来，挥之即去，微薄的收入仅能糊口，他的名字从来不被人记起。因为名不见经传，他在片场混迹多年，只扮演过一种角色，没有台词，看不到表情，更没有发挥的空间。可他热爱演艺事业，不怨天尤人，也不奢望什么，只是兢兢业业地演好每一个角色，包括"死尸"。

20世纪90年代初，周星驰已经大红大紫，电影《唐伯虎点秋香》在香港开机。那天在片场，刀光剑影中，正邪两派高手打得难解难分。正在此时，横空飞来一具"死尸"，重重地砸在地上，一动不动。那具"死尸"就是他扮演的。这时，周星驰忽然童心大发，恶作剧起来，朝"死尸"踢了一脚。他躺在地上没反应。周星驰加了把劲，又踩了他一脚，还没动静。于是，周星驰又拿起手中的霸王枪（道具）对准他的大腿戳了两枪，他依然纹丝不动。不好，可能演员发生意外了！周星驰吓得不轻，赶紧叫大家停下，然后亲手把他扶起来。

这时他才睁开眼睛，因为脸上涂满了泥巴，样子更为滑稽。原来是虚惊一场，周星驰面有愠色，质问他："你刚才为何一声不吭，把我吓了一跳。"气氛骤然紧张起来，有好心人立即上来提醒他："快给星爷认个错吧，不然的话，你的饭碗就砸了，今后连死尸也别想演了。"他抹去脸上的泥巴，解释道："我演的是死尸，只要导演没喊停，就不能动啊！"周星驰愣住了，半晌才开口："你叫什么名字？以后就跟着我开工吧。""田启文。"他高声回答。后来，这一幕被周星驰搬进了电影《喜剧之王》中。

一个跑龙套的能把"死尸"演绎得"活灵活现"，还有什么角色演不好？田启文的敬业精神感动了周星驰，同时也为自己敲开了成功的大门。此后，在周星驰的每一部影片中，都能看到他的出色表演。

世界是个大舞台，上帝赐予每个人不同的角色，有主角、配角，当然还得有人跑龙套。既然出身无法决定，何不把握未来？或许我们暂时只是个小角色，微乎其微，与其怨天尤人、一事无成，不如全力以赴、专心致志演好每一个角色。

人生就像烟花，目前的小角色就是那根小小的引信，毫不起眼儿，也不会自燃，唯有亲手将其点燃，才会绽放出绚烂夺目的光彩。

感悟

做一件事情，就要认真负责，这是做人的一个原则。对生命负责的人，生命才能为你担起责任。不要一副玩世不恭、无所谓的样子，因为那会让你的整个人生败得一塌糊涂。

登上山顶

笨 笛

他出生在山东沂县一个贫困的家庭，尽管他勤奋好学，贫困的家仍负担不起他的学费。念完初中，懂事的他便辍学了。

辍学后，他背上行囊，像千千万万的农村青年一样，来到了城市，成为一名农民工。不同的是，他的行囊里带着书，带着纸和笔。

在大连，他租了一间四平方米的小房，做起卖菜的小生意。每天凌晨2点左右，他到蔬菜批发市场批发蔬菜，然后再拉到菜市场去卖，每个月能赚500块钱。别人卖菜都大声地叫卖，他却把菜价写在标签上，等待别人来买。在等待的时间里，他如饥似渴地读书。没有谁会想到，一个卖菜的小伙子竟能在喧闹的菜市场读完《资本论》这样的书。

卖了两年的菜后，经人介绍，他去了一家工厂做仓库保管员。工作中，他接触到产品出货单、海外清单，上面全是英文，这激发了他学习英语的兴趣。他买来一些英语学习资料，开始学习英语。他仅有初中时打下的一点英语基础，学起来很吃力，但他相信只要坚持下去，他就能把英语学好。就这样，他自学6年，终于拿到了英语专业的本科文凭。

1997年，工厂破产了，他失去了工作，又成了农民工中的一员。他给人划过玻璃，安装过空调，卖过雪糕，做过许多艰苦的工作。但是无论做什么工作，他都随身带着书。2004年，他参加了研究生考试。这一次，他成功了，被中国社会科学院录取了。捧着录取通知书，他流下幸福的泪水。

他叫郭荣庆，一个憨厚的小伙子。他的事迹传遍了整个大连，电视台请他做节目。在节目现场，有位大连市民问他："在困境中，你是怎样激励自己的？遇到挫折，你是怎样面对的？"郭荣庆这样回答："如果你的目标是高山的山顶，那么你决不会因半山腰的藤绊了一下脚而停下自己爬山的脚步。所以，遇到挫折时，一定不要忘记，自己的目标还没有达到。"

是的，对郭荣庆来说，尽管工作与环境不断变化，但心中的目标却坚定不移，那就是——"登上山顶"！正是这个目标，激励着他不断努力，最终从一个普通的农民工成长为中科院的研究生。

感悟

其实，很多人都有过"登上山顶"的目标，可是又有几个人坚持了下来？半途而废、行百里半九十者比比皆是！守住目标，一定要有坚强的意志；实现目标，先问问自己："目标在心中的位置动摇了吗？"

人人都可能当总统

[美国] 乔治·沃克·布什

我很荣幸能在这个场合发表演讲。我知道，耶鲁向来不邀请毕业典礼演讲人，但近几年来却有例外。虽然破了例，但条件却更加严格——演讲人必须同时具备双重身份：耶鲁校友、美国总统。我很骄傲在33年前领取到第一个耶鲁大学的学位。此次，我又荣获耶鲁荣誉学位，更感光荣。

今天是诸位学友毕业的日子，在这里我首先要恭喜家长们："恭喜你们的子女修完学业顺利毕业，这是你们辛勤栽培后享受收获的日子，也是你们钱包解放的大好日子!"最重要的是，我要恭喜耶鲁生业生们："对于那些表现杰出的同学，我要说，你真棒! 对于那些丙等生，我要说，你们将来也可以当美国总统!"

耶鲁学位价值不菲。我时常这么提醒切尼（现任美国副总统），他在早年也曾短暂就读于此。所以，我想提醒正就读于耶鲁的莘莘学子，如果你们从耶鲁顺利毕业，你们也许可以当上总统；如果你们中途辍学，那么你们只能当副总统了。

这是我毕业以来第二次回到这里。不过，一些人、一些事至今让我念念不忘。举例来说，我记得我的老同学狄克·布洛德翰，如今他是伟大学校的杰出校长，他读书时的聪明与刻苦至今让我记忆犹新。那时，我们经常泡在校图书馆那个有着大皮沙发的阅览室里。我们两个很默契：他不大声朗读课文，我睡觉不打呼噜。

后来，随着学术探索的领域不同，我们选修的课程也各不相同，狄克主修英语，我主修历史。但有趣的是，我选修过15世纪的日本俳句——每首诗只有 17 个音节，我想其意义只有禅学大师才能明了。我记得一位学科顾问对我选修如此专精的课程表示担忧，他说我应该选修英语。现在，我仍然时常听到这类建议。我在其他场合演讲时，在语言表达上曾被人误解过，我的批评者不明白，我不是说错了字，我是在复诵古代俳句的完美格式与声韵呢。

我很感激耶鲁大学给我们提供了这么好的读书环境。读书期间，我坚持"用功读书，努力玩乐"的思想，虽然不是很出色地完成了学业，但结交了许多让我终生受益的朋友。也许有的同学会认为，大学只是人生受教育的重要部分，殊不知，"大学生活"这四个字的内涵十分深厚，它既包含丰富的学科知识和学术氛围，也蕴涵着许多支撑人生成败的观念，还有那丰富多彩的生活以及诸多值得结交的朋友……

大家常说"耶鲁人"，我一直不能确定那是什么意思。但是我想，这一定是含着无限肯定与景仰的褒义词。是的，因为耶鲁，因为有了在耶鲁深造的经历，你、我、他变成了一个个更加优秀的人！你们离开耶鲁后，我希望你们牢记"我的知识源自耶鲁"，并以你们自己的方式、自己的时间、自己的奋斗来体现对母校的热爱，听从时代的召唤，用信心与行动予以积极响应。

你们每个人都有独特的天赋，你们拥有的这些天赋就是你们参与竞争、实现人生价值的资本，好好利用它们，与人分享它们，将它们转化为推进时代前进的动力吧！人生是要让我们去生活，而不是让我们来浪费的！只要肯争上游，人人都可能当总统！

这次我不仅回到了母校，也回到了我的出生地，我就是在母校的几条街之外出生的。在那时，耶鲁与无知的我仿佛相隔了一个世界之遥，而现在，她是我过去的一部分。对我而言，耶鲁是我知识的源泉，力量的源泉，令我极度骄傲的源泉。我希望，将来你们以另外一种身份回到耶鲁时，能有与我一样的感受并说出相同的话。我希望你们不要等太久，我也坚信耶鲁邀请你回校演讲的日子也不会等太久。

感悟

　　每个人都有自己独特的天赋，布什的演讲鼓励了大家，也告诉人们只要努力将梦想付诸于行动，每个人都能取得成功，人人都可以当总统。其实，在自己的国度里，每一个人都是自己的总统，主宰着自己的生活与命运。

跌进坑里，别急着向上看

黄显志

那还是孩提时代的事。上小学四年级时，我的班主任姓李，是个相貌平平的老头，心肠挺好，教学也很有一套，可就是脾气怪怪的。

这天下午有节劳动课，李老师带着我们到学校的后山捡柴。

我和三名同学跑向后山顶，边跑边捡。在一棵大树旁，我发现了一堆干枯的小树枝，急忙奔过去。跑着跑着，我脚一滑，跌进一个深坑里，三名同学吓得大呼小叫，想尽办法也没能把我拉上来。

同学喊来了老师。李老师站在坑边上盯了我许久，才沉着脸坚决地说："跌进坑里，别急着向上看！我们不拉你上来！"全班同学面面相觑，都没敢吱声。"老师，老师，我上不去！"我在坑里急得大叫。"在里面待着吧，我们走！"李老师像陌生人一样大声扔给我一句话，带着同学们走了。

老师硬生生地走了，不管我的死活。我一屁股瘫坐在坑里，嘴一张，哇哇地大哭起来，"老师！老师！我出不去！"一边哭一边生气地在坑里打滚，滚着滚着无意间我看见了一道亮光。擦干眼泪，我坐起来向亮光处爬去。透出亮光的地方有一个洞，我钻了进去，越钻越亮，不一会儿到了山坡上，一挺身跳了出来。

李老师和同学们都站在山坡上，随着我的出现，山坡上响起了真诚而热烈的掌声，久久不息。老师猛地抱起我原地转了两圈。我所有的不快一扫而光，不解地问："老师，你怎么知道坑里有洞能出来？""老师看你没摔坏。""老师在上面就看见光了……老师想让你自己出来。"没等老师开口，阳光下同学们晃动着聪明的小脑袋争着抢着告诉我。

　　李老师蹲在我面前伸出宽大的手掌拍掉我身上的尘土，亲切地抚摸着我的脑袋，重重地点着头。同学们探着身子，上下打量我。这时，老师慢慢地站起来，环视一下四周，将一只手指竖到嘴边，示意我们安静。然后，他走到高处一字一句地说："孩子们，记住，跌进坑里，别急着向上看。一心寻求别人的帮助，常常会看不见自己脚下最方便的路。"

　　三十多年过去了，我还无法忘记儿时跌进坑里自己爬出来的经历，老师的话一直印在我的脑海里。直到今天，每当生活中遇到失败和意想不到的打击时，我总是这样提醒和勉励自己：跌进坑里，别急着向上看。一心寻求别人的帮助，常常会看不见自己脚下最方便的路。

感悟

　　这个世界上没有救世主，所以当遇到困难时，求人不如求己。用自己的力量打倒困难，用自己的双脚走出困境，用自己的双手撑起一片蓝天，让所有人都为你而骄傲。

你能够心想事成

鲁先圣

之所以绝大多数的人都没有成功，其实，并不是智商和能力的因素，而是对自己缺乏信心。任何一个人，即使是一个先天残疾的人，只要付出一生的努力，也一定能够心想事成。

肯特是目前美国休斯敦航天中心的首席科学家，他最重要的课题是不用视觉，而是用电子学的方法观察星空。他把一台特别设计的计算机连接到射电望远镜上，把视觉图像变成能够用手接触的撞击运动。由于没有常人先入为主的视觉干扰，他常常发现其他用普通观察方法观察不到的星际关系。他常说："我的大脑将所有数据都变成了三维图像，我完全可以想象出真实的图像是什么样子。"他正是凭借着自己独特的科学方法，不断取得新的发现成果，成为目前人类探索外星生命最重要的科学家。

可是，有谁知道，肯特是一个一出生就双目失明的盲人？他1949年生于俄克拉荷马州。由于早产，接生时输了大量的氧气，他的视网膜受到了严重的破坏，生下来就双目失明。他的父母是一对有着坚强意志的夫妇，他们没有因为儿子的残疾而放弃，他们坚信，只要正确引导教育孩子，儿子同样可以心想事成。

最早的训练是从爬树开始的。当肯特从树上一次次摔下来，夫妇鼓励他又一次次爬上去的时候，他的父母告诉他："你可以凭感觉知道物体的位置，你的体内仿佛装着一部雷达。"父母让他训练骑自行车，甚至参加自行车比赛。他们对孩子说："这很容易做到，没有谁说过盲人不能骑自行车。"他同邻居家的孩子比赛，肯特一听到开始的命令，立刻第一个冲出去，结果撞到了路旁的一辆汽车上，顿时鲜血直流，几颗牙齿也松动了。小伙伴都吓坏了，但是肯特却顽强地站起来说："我赢了!"

为了培养孩子的自信，他的父母决定不把他送到盲人学校去，让他与健康的孩子一起读书。可是俄州的公立学校都拒绝接受盲人孩子。后来，他们听说加利福尼亚州的一所学校接受盲人学童，他们就毅然把家搬到了加州的坦波城，从此肯特开始了与健康的孩子一样生活学习的过程。

肯特努力训练自己的其他器官来弥补自己的视觉缺陷。他的老师布里常常回忆这样一件事。有一天，他正带领学生在操场上体育课，突然，肯特说："老师，有一架飞机飞过来了。"大家都很惊诧，大家都没有听到飞机马达的声音，看看天空也没有飞机飞过。十几秒钟以后，大家正为他的话争论着的时候，果然有一架飞机从远处飞来。大家为肯特的神奇听觉惊呼起来，肯特则露出了快乐的笑容。

这一件事情让小小的肯特迷上了航天事业。他买来了大量的有关航天技术的书籍，刻苦钻研，希望自己能够成为一个航天专家。

25 岁的时候，肯特编出了一套计算机程序，以此证明国家宇航局太空舱安装雷达系统的计划是不经济的。国家宇航局非常重视，经过研究发现，肯特的建议是正确的。这引起宇航科学家们的极大兴趣，他们把肯特请到宇航中心。他对于航天方面的了解让科学家们非常震惊。国家宇航局破例聘请了年轻的肯特进入航天局工作，他不仅仅成为宇航中心最年轻的科学家，也是宇航中心唯一的盲人科学家。

肯特现在常常被一些学校请来给青少年学生做演讲。他每一次演讲的题目都没有变化：你能够心想事成。

感悟

> 你能够心想事成，只要你拥有足够的信心。我们之所以在失败之后止步不前，其实，并不是智商和能力的因素，而是对自己缺乏信心。任何一个人，即使是一个先天残疾的人，只要信心十足，又肯付出一生的努力，就一定能够得偿所愿。

选择自信

王伯庆

有些来美国的亚洲新贵们，很快就发现他们身边少了一份熟悉的羡慕，多了一份失落。于是，他们随时分发印有董事长头衔的名片，但并不管用。于是，又一掷千金，买下华屋名车。可气的是，竟然连那些居斗室、开破车的美国佬也"我自岿然小动"，不肯景仰擦身而过的奔驰老总。当然更不会有人注意到他们袖口或领口的名牌商标。在美国，高薪、华屋、名车的群众号召力没有在新富国家那样大。

很多美国人身为蓝领阶层，也都心满意足。当你出入豪华宾馆时，为你叫车的男孩不卑不亢，礼貌周到，你会感到他的自信。他未必羡慕你所选择的道路。千千万万的美国人按照自己的实际情况选择了职业，选择了生活的各个方面，也活出了一份自信。于是，让那些在本国高高在上的贵人们到了美国就傲气顿失。

一个访美的亚洲官员讲：我在国内时别人见我就点头哈腰，可是在美国连有些捡破烂的人的腰板都挺得直直的。

我原来工作的办公室里有个维护计算机系统的老美，大学毕业，工作10年了，很平常的一个人。处久了，我们每天见面时也侃几句。一天，我开导他：你为什么不去微软工作呢？几年下来股票上就发了。他说：我不喜欢微软，这儿挺好。

后来我发现他有一张合影照片，他，他姐姐、姐夫，比尔·盖茨。才知道他姐是早年跟比尔·盖茨一起打下微软天下的功臣，现担任微软的副总裁，也是亿万身价了。一问，办公室里有人知道，却没人跟他套近乎，大家把他支来支去。他不求致富，只求一份淡泊的安详。

你会发现，美国很多的博士们找工作，首选是做教授。做教授可比去公司穷，还辛苦，但有更多的学术和时间自由。我有个朋友，在一所大学任助理教授，美国几个大型的制药公司请他去主持一个子 R&D 部门，开价是他在学校年薪的 3 倍，他不去，就要做教授。还劲头十足地约我写论文，回国开讲座，其乐陶陶。

最近他因为一项被美国医疗服务协会称为"挑战传统的发现"，而受到美国主要媒体的关注。一个同系的老美教授告诉他说：我搞了多年的研究，好希望自己的研究成果也能引起如此的反响。并且还认真地给这位老兄出主意，怎么样把这事的影响扩大。如果我是他的同事，我是否会像那位老美一样为他的成功真的激动、锦上添花呢？

有一位朋友，拿到一个名牌大学的教授职位，高高兴兴地从麻省来加州赴任，先租公寓房住。自己是教授，住的公寓当然不差。隔壁邻居是一家墨西哥人，每天见面都打招呼。聊天时老墨中气十足，没什么文化，但神色之间透出对生活的满足和自信。这位仁兄想，这老墨虽没有文化，敢跟我大教授谈笑风生，想来也是生意上有成之辈。

结果不然，这老墨没有工作，全靠五个小孩的政府补助过活，每人每月几百元钱，还有食品券。这位朋友感慨地讲，恐怕克林顿总统来了，这老墨也不会腿软。职务也许帮助不了你去吸引自信的朋友，所谓话不投机半句多。

有一个故事，事情发生在 1997 年 12 月 11 日。美国著名的悄悄话专栏女记者辛迪·亚当，想约克林顿总统的夫人希拉里来进行单独采访。多番努力，终于搞定，希拉里同意在她出席了纽约曼哈顿大学俱乐部的一个妇女集会后，跟辛迪谈一个小时。

采访就定在曼哈顿俱乐部里。这个俱乐部有着百年历史，注重传统，古色古香。辛迪先到，在大厅候着。到了时间希拉里还没来，她坐不稳了，悄悄地把手机拿出来，打个电话问一下。守门的老头过来了，说："夫人，你在干什么？"

女记者说："我跟克林顿夫人有个约会。"老头说："你不可以在这个俱乐部里使用手机，请你出去。"说完后老头就走了，辛迪收起了手机。

一会儿老头又来了，看见这女人没走，还与克林顿夫人在大厅里高谈阔论，在场的有总统府的高级助理们。老头不乐意了，说："这是不能容许的行为，你们必须离开。"克林顿大人说："咱们走。"乖巧地拉上辛迪就出去了。

这个老头可不是贾府门前的焦大，他选择了守门，拥有了一份权贵们不敢在他面前猖狂的自信。

权势人物的气度是制度和人民调教出来的，常常是有什么样的人民就有什么样的领袖。

知道吧，比尔·盖茨想参加哈佛的同班聚会，被有些同学拒绝了。是呀，你盖茨选择了中途退学，跟同学没多大关系，聚个什么劲？选择了在哈佛毕业的同学未必都选择了向金钱屈膝。

感悟

任何生命都是平等的，生命价值不由财产、地位等身外之物决定，而由人对社会的贡献决定。每个人都有向往高贵的权利。即使是一个乞丐，也要选择做一个自信的、有尊严的乞丐。

垒高自己

游宇明

一个皮革商喜欢钓鱼，他经常去的地方是纽芬兰渔场。有一年冬天的一个早晨，皮革商又来到了这个渔场。也许是因为头天晚上下过大雪，那天天气很冷，飕飕的风刮在脸上像刀割一样。皮革商费了很大的力气才在结冰的海上凿了个洞，然后开始钓鱼。他看到一个很有意思的现象：钓的鱼一放到冰上很快就冻得硬邦邦的了，而且只要冰不融化，鱼过三五天也不变味。难道食物结了冰就可以保鲜？皮革商这样问自己。他开始了试验。经过多次探索，他发现不仅鱼类在冰冻条件下可以保鲜，其他食物，比如生肉、蔬菜都可以这样做。他决定制造出一台能让食品快速冰冻的机器。

成功的路是艰难的，在研制速冻机的过程中，皮革商吃尽了苦头，

但他从不气馁。通过反复地试验、不断地总结经验，皮革商终于成功了。他向国家专利局申请了专利，并且以3 000万美元的天价把这项技术卖给了美国通用食品公司。他就是世界上第一代冰箱的发明者——美国人巴尔卡。

巴尔卡是懂得怎样垒高自己的人，其垒高自己的举动表现出他具备一种发现的目光，表现出他具有一种过人的毅力。收获是播种的孪生兄弟，巴尔卡经过奋斗，终于实现了自己的梦想。

感悟

垒高自己，深厚的学识修养、锐利的观察力和顽强的毅力是通向成功的有效途径，也是为了实现梦想而不断积累的一个过程，只有不断地积累，量变才会达成梦想的质变，从而实现真正的飞跃。

一根木头的梦想

马　德

这是很多年以前的一根木头。

刚开始的时候，父亲是想用它来做房梁的。记得那一年家里在东山坡上刚刚建起了一栋新房子，四面的墙已经垒起来了，人们七手八脚把这根木头抬到房顶上。结果，木匠在山墙上端详了半天，还是无奈地叹了口气，对父亲说："不行，这根梁用不得。"木匠说话的时候，父亲正站在另一面山墙上，待了一会儿，父亲又试探着问："掉个头试试，行不行？"不行！"木匠是当地有名的木匠，他说得很坚决，说完他又一摆手。帮忙的人便七手八脚又把木头抬了下来。

这根木头并不差，只是弯曲了些。

晚上吃饭的时候，木匠酒喝在兴头上，对父亲说："那根木头怕是干什么都不太合适，还是当柴火劈掉烧了吧。"父亲说："再留留，或许用得上。"木匠笑了笑，没说什么话。

又一年，家里要做一个柜子。父亲又把这根木头拽了出来，交给来做家具的人。做家具的比画了半天，把木头一丢，说："再换一根吧。"父亲问："不好用？"做家具的说："这是根废木头，除了烧火，恐怕很难用上。"

事后，父亲还是把这根木头收藏了起来。

秋天，收庄稼拉粮食的时候，家里的马车翻在一个大坑里，摔断了一根车辕。正是大秋时节，去哪里找合适的木头呢？父亲又把那根木头找了出来。父亲说："试试这根。"修车的人拿着皮尺量了量，高兴地对父亲说："弯曲的地方取一截止合适。"结果，那一根木头做成了车辕，一直用到现在。

做成车辕的那一天，父亲说，多等一等，哪会有没用的木头？

的确，那是一根最糟糕的木头。但是父亲并没有因此而看低了它。或许父亲在想，一棵树，长大并不是件容易的事情，即便是有缺陷的生命，也是生活呈现给这个世界的一道风景、一个奇迹，而且和其他的木头一样，再平凡的生命其内心深处也有着成才的梦想。所以父亲那些年一直在等。结果，那根木头在时间和机会的缝隙里终于找到了属于自己的土壤，梦想的花朵在父亲不屈不挠的等待中娇艳地绽放。

感悟

没有无用的木头，也没有无用的人。不要轻易地否定自己，也不要轻言放弃。多一些坚持，多一份努力，你会找到适合自己的位置。

锻造**生命的铁**

走在人生这个征途中，最重要的既不是财产，也不是地位，而是在自己胸中像火焰一般燃烧起的信念，即"希望"。

独一无二的柠檬

罗　西

　　大学毕业后，我不走"包分配"的老路，直接到一家外企工作。这儿雇员很复杂，有香港人、台湾人，还有新加坡人……碰面时，他们都很客气地"Hi"一声；领工资时，如果谁掉了一张钞票在地上，都可以听得见它的声音，那种安静太冷了。

　　领工资是件开心至极的事，特别是我第一次领到薪水，想打开钱袋和大伙一起分享快乐。可是，他们却严肃地来，又肃穆地去，我只好傻傻地对着钱笑了……

　　后来才知道，每个人的工资及"红包"是不同的，谁也不想把老板对自己的"秘密"公开，也许只有我这个新人才会天真地期待与大伙一起放声地笑，坦然地交流。有时，他们也会三人一群，在洗手间里小声地商讨什么，等我大步流星地走进去时，他们马上又不说话了，各自点头作鸟兽散，我脸上肯定有一丝僵着的微笑。于是，我边"放松"边吹口哨，以示解嘲。

　　是不是因为我拥有学生式的热情，农民式的纯朴，进而成为他们的异类？

　　一种无法走近他们的落寞与孤独，令我很不开心。自己是不是做错了什么？还是因为太与众不同了？那种客气的冷漠和为了自我保护而保持的若即若离的距离，我真的受不了。

　　公司每个月最后一个周末，都举行一场派对，晚餐是雇员各自带去的一份食物，这种自助餐往往很丰富。第一次参加这种餐会，没什么经验，不知是带烤鸭好，还是带一瓶葡萄酒。正拿不定主意，妈妈说话了："带一个水果拼盘去，肯定会大受欢迎！"这似乎也合我意。于是，马上行动，买了一个特别的白色果盘，有斗笠那么大；还提了好几袋水果回家，有紫色的葡萄、粉红的海棠果、绿色的橄榄、褐色的猕猴桃，还有黄澄澄的柠檬……

拼盘的时候，妈妈只摆进去一个柠檬。我想都放进去，妈妈说，只放一个就好，它与其他水果不一样，不能太多，但不能没有它，你看，在它的映衬下，一盘水果一下子生动起来，情趣也出来了。

我点头赞叹母亲的巧手与慧眼。那个柠檬原来就是我当时处境的写照，妈妈没有点明，但她用一个柠檬勉励我，启发我，不要害怕与众不同，只要认定那是一种魅力，孤芳自赏又何妨?! 更何况，总有一天，人们会接受那种独具的感染力，因为每一个集体，都像一盘水果，彼此映衬中，人们会发现那枚柠檬的阳光般的色彩和真诚的芳香。

当天的聚餐会，只有我一个人带去水果，但最受欢迎。独具匠心的水果拼盘，还吸引了来自香港的总裁比尔先生的目光，他幽默地说："真不忍心吃它。"还特地用美酒敬我，并记下我这个普通职员的名字。

后来，我就被总裁点名去做"外联"，理由只有一个，我有创意和感染力。我喜欢这种挑战性的工作。接到第一个单子，也极富戏剧性，当时，我和同事阿达去拜访某公司的会计小姐，询问他们公司是否准备搞装修，是否需要我们公司的办公家具……会计小姐很客气地告诉我们：对不起，本公司没这个计划！

我们很礼貌地退出，阿达还深深地鞠了一躬说"再会"，他说，这种人，不能得罪。

坐电梯下楼时，开电梯的阿姨对于我的微笑招呼似乎很惊讶，便主动与我聊了起来，我还很恭敬地递给她一张名片。同事阿达不屑地冷笑一下，转身支镜梳头。在他看来，我这是多此一举，无的放矢。当阿姨听说我们是来推销办公家具的，赶忙告诉我一个"风声"，说是

前一天，总经理与副总经理在电梯里，谈到下个月决定大装修，还要添加不少办公设备……

于是，我马上决定上楼找总经理，阿达坚决不去，他说："你相信一个开电梯的老太太的话？"那好，我一个人去。最后见到了总经理，他十分惊诧："你怎么知道的？"第一个单子就这么拿下，总价达80万元。

我的热情，没有浪费。

从那以后，我不再为自己的本色而惭愧、不安、自责。"真实"比"做出来的真诚"更具说服力，也更可爱。月亮从不为自己不是星王而从天上掉下来，相反，它处于一种非常美妙的格局中：这便是众星拱月。那么，我决定继续做水果拼盘里的那个唯一的柠檬，独具芳香，又拥有阳光般的色泽；脱俗，却又与之浑然一体。

感悟

热情面对生活的人，生活才会向他敞开热情的怀抱。社会是人与人组成的有机体，真诚的沟通就能创造和谐的环境。努力在世俗中寻求善良的天性，用真诚感动你身边的每一个人，总有一天，你那柠檬般的独特芳香会感染你周围的一切。

把不幸扛在肩上

陈庆苞

　　一位大学生去向导师辞行，他将走出校园到社会上求职发展，世事艰难，前程未卜，心里不免有些打鼓。导师早年曾赴美留学，一生遭遇坎坷，但最终硕果累累，在学术界享有盛誉。他想从导师那儿知道，在前进道路上遇到困难和挫折等不幸情况时，该如何面对？

　　"把它扛在肩上。"导师平静地说。

　　见他不解，导师换了个话题："今天不是太热，不知你是否愿意陪我到操场上走走？"他点点头。

　　操场上空荡荡的，他们在跑道上边走边谈，无拘无束，不知不觉便走完了一圈。导师抬腕看看表，"你看，这 400 米，我们走了近十分钟。"

　　然后导师停下来，让他单独走一圈。他虽不解其意，可还是按导师的话做了。导师看看表，用了 7 分钟。

　　"你为什么不走得快些呢？"导师问。

　　"我走得慢了吗？"他并没意识到自己走得慢，因为他已经比第一圈少用了近三分之一的时间了，"您只让我走完一圈，并未规定时间啊。"

　　"无需规定时间，你也能走得再快些。"导师指着围墙边的一块石头说，"现在请你扛上它走一圈，试试能用几分钟。"

　　他扛起了那块石头，石头看起来虽不大，但压在肩上却很重、很疼。他几乎是一路小跑地走完一圈，结果连他自己都大吃一惊，他用了不到五分钟。

"你怎么又走这么快了呢？"导师又问。

"肩上的石头压得疼啊。我既不能扔掉，又不能扛着它原地休息，只能咬着牙往前赶，想尽快到达目的地，所以我一直在心里说：快些，再快些！"

他喘着气说。

"你看，同样的路程，两手空空，本该走得快，结果却走得慢；肩负重物，本该走得慢，结果却走得快。个中原因很简单：我们第一圈是闲走，既无目标，也无压力，所以最慢；你走第二圈时，虽有目标，但无压力，所以四平八稳，不求快进；走第三圈时，你既有目标，又有压力，不快不行，所以最快。这不是很有意思吗？"

他这才感觉到导师把他带到这个地方来绝不只是随便走走，他陷入了沉思。

"'把它扛在肩上。'你现在明白我这句话的意思了吧？"导师接着说，"在人生道路上，我们最渴望得到的'一帆风顺'、'万事如意'往往失约，而那些'困难'、'挫折'、'挑战'等让人望而生畏的字眼却常常不约而至。当它们来到你的身边时，你千万别认为这是什么不幸，不幸人人都会遇到，只是结果不同而已：有人被它击垮，有人却在它的打击下把潜能发挥得更好，就像扛起石头反而跑得更快一样，你所认为的所有不幸都应该成为逼你快走的这块石头啊。年轻人，当这块石头终有一天也落到你身上的时候，希望你不是被它击垮，而是勇敢地把它扛在肩上，然后对自己说："快些，再快些！"

感悟

在人生的道路上，失败与挫折是不可避免的，重要的是在遭到打击、承受压力的时候仍然坚定不移、脚踏实地地为梦想而努力，这样才能开创出属于自己的一片天空，才能享有真正的幸福。

精神，生命的配方

星　竹

　　麦考尔是美国小镇"阳光岛"上的一位中产阶级。岛上整日阳光灿烂，海水碧蓝。麦考尔一家也一直过着像阳光一样舒适的日子。但是，在麦考尔年近六十岁的时候，却赶上了美国的经济危机，更惨的是，这时的麦考尔偏偏又得了一种据说必死无疑的怪病。

　　医生如实地告诉麦考尔，他只能再活两年。听了这话他心理上受到了从未有过的沉重打击。这等于宣布了他的一切都完了。而这时迅猛异常的经济危机又如风暴一样刮上小岛，麦考尔家里的几个钱眼看就要打水漂，根本经不住这场危机大潮的折腾。岛上的一些小店已经宣布破产了。麦考尔眼前的一切都是那样的糟糕。

　　饱受疾病折磨的麦考尔，经过几天的认真考虑，作出了一个大胆的决定，即把家里的钱马上全部投出去。他想买下两栋房子，然后再将房子租出去，水涨船高，钱虽然不值钱了，但房价会一路攀升的。这个主意得到了全家人的支持。于是，麦考尔把家里的六十多万美元全都拿出来买了房子。

　　可是，当时所有的美国中产阶级都是这样扒拉着算盘，大家都将手里的钱投向了房地产。结果事与愿违，房子多得不但没人租，还要支付养房子的开支。这对病中的麦考尔更是雪上加霜。

　　麦考尔的计算失败了，他不但没能保住家里的钱，还让全家人在一夜之间变成了穷光蛋。更惨的是，这时距医生宣布他死亡的日期，只有一年半的时间了，麦考尔也已经过了 60 岁，真正地成了一个老人。可他不忍心在自己离开人世前，让全家人背上如此沉重的包袱。

于是，他努力打起精神，让自己振作起来，也让全家人从中受到鼓舞，不再过于沮丧。麦考尔的精神果然在家里起到了很大的作用。不仅如此，麦考尔还做出了更为惊人的举动，他宣布要重新投入工作。他说干就干，向朋友借钱开了一家香水店。他决心用自己最后的一点余生，为家人做一点贡献。在卖香水的过程中，麦考尔还对研究香水的配方很感兴趣。想不到经他亲自研制的一种香水竟然在当地一炮打响，非常畅销。他万万没有料到事情会是这样。

麦考尔从此忙得不可开交。而那时他又在阳光岛上发现了一种更纯正的天然植物可以作为新的香水配方。这使他激动不已。

而这时与麦考尔患同一种病的人，已经提前死去了大半。麦考尔离医生宣布的死亡日期也越来越近了。可麦考尔依然感觉良好。麦考尔想，一定是老天有眼，要让他为人类配制出这种天然的新型香水后，再去见上帝。可是，直到麦考尔的新型香水摆满了全美的各大超市，他依然还活着。那时他已经又多活了两年。

麦考尔搞不懂这是怎么回事。他再去医院检查时，医生告诉他，他的病情正在好转。这一点连医生也感到惊奇。几年之后，麦考尔的症状全部消失了。医生和麦考尔一致觉得，这是一种强大的精神力量支持的结果。正是这种前所未有的精神力量让麦考尔脱胎换骨，活了下来。

要说麦考尔是发现了香水的配方，还不如说他是发现了生命的配方，一种忘我的精神。

从此，麦考尔就那么精精神神地走在太阳岛上。他的样子成了全美国老人们的榜样，他的照片被刊登在美国的许多报刊上，他迎着阳光，笑得一脸灿烂。那时所有的老人都在效仿麦考尔。因为他说明了生命的奇妙在于人们内在的精神。这就是勇敢、无畏、开朗和豁达。

据现代医学的大量研究让明，人的长寿和战胜疾病的神奇武器，有时就是一种自身的精神力量。强人的精神支柱，不但能给人体提供许多新鲜而活跃的再生物质，增强人体的免疫力，有时还能激发出一种生命的再造功能，甚至使人起死回生，创造奇迹。

麦考尔不但神奇地活了下来，而且成为了那时美国最有名的香水大王"麦考尔香水"家族的总裁。在他75岁的时候，还投资成立了美国的一家出版社——"精神出版社"，专门出版论述精神一类的书籍，以鼓舞人们更精神地活在这个世上，他希望人们能以精神的力量与人间的种种不幸和病痛作斗争。

"精神——人类最为宝贵的财富。"这是麦考尔为美国一家康复医院的老人们题的字。同时也是他走遍世界留下的最为诚挚的一句告诫——你要想活得好，就请你精神起来，因为这就是生命的配方！

感悟

　　生命是上帝赐予人间的礼物，任何人都没有权利轻言放弃，任何放弃生命的行为都是不负责任的表现。面对病魔时，只有举起精神的鼓槌，敲响生命的鼓点，才能具有战胜病魔的气势与力量，这样无论胜负都不枉为人一世。

要活在巨大的希望中

子 名

亚历山大大帝给希腊世界和东方世界带来了文化的融合，开辟了一直影响到现在的丝绸之路的丰饶世界。据说他投入了全部青春活力，在出发远征波斯之际，曾将他所有的财产分给了臣下。

为了登上征伐波斯的漫长征途，他必须买进种种军需品和粮食等物，为此他需要巨额的资金，但他几乎把珍爱的财宝及所有的土地都给臣下分配光了。

群臣之一的庇尔狄迦斯深以为怪，便问亚历山大大帝：

"陛下带什么起程呢？"

对此，亚历山大回答说：

"我只有一个财宝，那就是'希望'。"

据说，庇尔狄迦斯听了这个回答以后说："那么请允许我们也来分享它吧。"于是他谢绝了分配给他的财产，群臣中的许多人也仿效了他的做法。

我的恩师，户田城圣创价学会第二代会长，经常对我们青年说："人生不能无希望，所有的人都是生活在希望当中的。"假如真的有人生活在无望的人生当中，那么他只能是失败者。人很容易遇到些失败或障碍，于是悲观失望，被挫折压下去；或在严酷的现实而前，失掉活下去的勇气；或恨怨他人，结果落得个唉声叹气，牢骚满腹。其实，身处逆境而不丢掉希望的人，肯定会找到一条活路，在内心里也会体会到真正的人生欢乐。

保持"希望"的人生是有力的；失掉"希望"的人生，则会通向失败之路。""希望"是人生的力量，在心里一直抱着"美梦"的人是幸福的。也可以说，抱有"希望"活下去，是只有人才被赋予的特权，只有人，才能面向未来的希望之"光"，才能创造自己的人生。

走在人生这个征途中，最重要的既不是财产，也不是地位，而是在自己胸中像火焰一般燃烧起的信念，即"希望"。因为那种毫不计较得失、为了巨大希望而活下去的人，肯定会生出勇气，不被困难吓倒；肯定会激发出巨大的激情，闪烁出洞察现实的睿智之光。终生怀有希望的人，才是具有最高信念的人，才会成为人生的胜利者。

感悟

　　我们会失败，也会沮丧，但不能没有希望。希望是人心力量的源泉，失去了它，我们就失去了导向，从而陷入迷茫彷徨的境地。所以，请珍视希望，坚信希望，为希望而奋斗，你会在希望之光中走向成功。

锻造生命的铁

[美国] 奥里森·马登

　　一块质地粗糙的金属在人的智慧与它本身分子的相互作用下，价值陡增，那么谁还能限制人——这个肉体、思想、道德和精神力量的完美混合物——潜力的发展呢？要开发利用铁块只有几道工序，而人的思想和性格却能受到上千种影响；铁块只是在外界刺激下才能起作用的惰性物质，而人却是各种作用力和反作用力的合成物，他能通过更高的自我——那个居于特殊地位的真实人格——来控制和掌握方向。

　　人的自我完善只有一部分取决于先天的资质。我们的生命铁块能否被锻造得灿烂辉煌，取决于我们模仿榜样的好坏、付出艰辛的多少、所受教育的程度和阅历是否丰富。

　　我们的生活也会遇到铁块所经历的所有痛苦考验，通过这些考验，才能达到最佳状态。逆境的打击、贫困与痛苦中的挣扎、灾难与丧亲之痛的卓绝考验、艰苦环境的压迫、忧虑焦灼的折磨、重重困难的阻碍、令人心寒的冷嘲热讽、经年累月枯燥的教育和纪律带来的劳累——所有这一切对一个志存高远的人来说都是必不可少的。

　　经过千锤百炼之后，铁块变硬了，变得更纯、更富延展性、更有韧性，它适合任何工匠所梦想的用途。如果每一锤都会打断它，每一个熔炉都会烧毁它，每一个碾子都会粉碎它，那它还有什么用？它应该具有能经受一切考验的优点和品质。

　　这些品质获益于每一次考验，最后巩固下来。铁块中的品质主要还是天生的，但是我们身上的品质却主要是成长、学习和不断进取的产物，这取决于占主导地位的个人意志。

　　每一个工匠都在生铁里拾到了经过加工后的成品，我们也应该在自己的生活中看到灿烂的前途，并上把它变为现实。如果我们只看到马掌或刀片，我们所有的努力与辛劳都不会产生钟表发条与游丝。我们必须目光远大，必须勇于斗争，经受考验并付出必要的代价，而且还要相信，我们所经受的痛苦和所付出的努力最终会酬谢我们。

感悟

　　我们的人生就像一块顽铁，只有历经千锤百炼才能发出灿烂的光辉，只有经过锻造才会既柔韧又坚强。因此，不要因困苦而屈服，不要为艰辛而抱怨，这是命运在为你打造幸福与成功。

被突破的极限

李中声

　　很长一段时间里，人们试图用 4 分钟跑完 1.6 公里路程。为了达到这个目标，曾试着让凶猛的狮子去追赶奔跑者；听说虎奶可以给人力量，就试着让奔跑者喝虎奶。想了很多办法，但没有人取得成功。于是，一些教练断言，人要在 4 分钟内跑完 1.6 公里路程是绝对不可能的。不久，又有专家分析说，由于人的骨骼结构不对头，肺活量不够大，而风的阻力太大等原因，人不可能跑得那么快。

　　4 分钟跑完 1.6 公里，成了一道不可逾越的鸿沟，自古希腊以来的漫长岁月里，没有人能够跨过这个障碍。直到 1954 年 5 月 5 日，英国田径运动员罗杰·班尼斯特改写了历史。在牛津大学的对抗赛中，他第一次突破 4 分钟，只用 3 分 59.4 秒的时间就跑完了 1.6 公里，打破了瑞典运动员哈格保持了 9 年的 4 分 1.03 秒的世界纪录。他不仅创造了一项新的世界纪录，而且破除了人们认为不可能在 4 分钟之内跑完 1.6 公里的心理障碍。虽然训练方法和人的生理结构并没有重大突破，但因为这巨大的鼓舞，之后的一年里有 30 多人在 4 分钟内跑完了 1.6 公里；在接下来的又一年里，有 300 多人在 4 分钟内跑完了 1.6 公里。

　　无独有偶，1936 年欧文斯用 10.03 秒的时间跑完 100 米后，医学界认为这已是人类速度的极限，100 米跑人类不可能突破 10 秒大关。这个预言在接下来的 32 年里都得以验证。直到 1968 年，在墨西哥奥运会上，美国选手吉姆·海因斯以 9.95 秒的成绩突破 10 秒大关，"极限"的定义再一次被改写。今天，100 米跑最好的成绩是 9.78 秒，但很显然，它还会被打破。

体育竞技是这样，其他事情又何尝不是这样？在飞机发明前，有几人相信人能飞上天？在阿姆斯特朗之前，有几人相信人能踏上外星球？许多事情看似不可能，但在敢为人先的勇敢和坚韧执著的努力下，就会变成可能，变成事实。

追求就有希望，努力就有可能。在你竭尽全力之前，不要轻易说"不可能"。

感悟

　　成功往往就掌握在那些勇于拼搏、敢于挑战的人的手中。只有通过不断地尝试，刻苦地努力，才有机会将"不可能"变为"可能"。只想不做永远都不会知道成功的滋味，努力拼搏吧，实现理想不只是在梦中。

不能跳舞就弹琴吧

包利民

　　19世纪的一个夏天，在英国小城达勒姆的一个庭院中，露丝的家庭舞会正在热烈地举行着。这一天是露丝28岁的生日，盛装的她在舞会中光彩照人，她的脸上洋溢着幸福的微笑，优美的舞姿赢得众人的一片赞叹。

　　正当人们沉浸在这温馨的氛围中时，意外却突然发生了。露丝在做一个高难度的旋转动作时，一下子摔倒在地上。舞曲戛然而止，露丝挣扎着想爬起来，却始终没有成功。在医院里，医生经过紧急会诊后，向露丝及她的亲朋宣告了这样一个不幸的消息：她患上了一种极为罕见的神经系统疾病，她全身的神经将会慢慢地丧失功能，而药物只能延缓病情发展的速度。

　　那一刻，人们都惊呆了，包括露丝自己，她知道，自己将再也无法站起来，再也不能旋出优美的舞姿，而且，最终将会瘫痪，直到心脏也停止跳动。是的，这一切真是太残酷了。她是小城舞蹈学校最出色的教师，她热爱跳舞，喜欢舞会上那种激情四射的感觉。每一年生日她都要举办家庭舞会，而这一次，却成了她生命中最后的表演。在人们的痛惜与祝福中，她在家里开始了漫长的休养。

　　有很长的一段日子，露丝坐在空荡荡的院子里，看着墙角的花儿在微风中轻轻地摇动，心底一遍又一遍地回想着每一年过生日时这庭中舞会的盛况。转眼一年过去了，人们以为露丝再也不会像往年那样举办舞会，可是生日前一天他们都接到了露丝的邀请，让他们穿上最华美的衣服，带着最精彩的舞姿前来。

露丝在钢琴后面笑着对大家说："虽然我不能跳舞了，可我还可以为你们弹琴，能欣赏你们的舞姿我同样开心快乐！你们尽情地跳吧，要对得起我的琴声哦！"纯净的音乐如清澈的河水从她指间流出，人们在感动中陶醉了。这是一场令人难忘的舞会，露丝纤巧的十指在黑白键盘上灵活地跳跃，就如她当年优美的舞姿。

就在这一年，露丝病情恶化，除了头部，全身都不能动了。听到这个消息，人们都很难过，知道她那美妙的琴声也已成为绝响。而露丝在30岁生日的舞会上，却第一次向人们展示了她的歌喉，正如她所说，不能弹琴就为大家唱歌吧！这一年的舞会，来的客人要比每年都多，大家都想听听她的歌声，给她最美好的祝愿。

在那次舞会的4个月后，露丝也失去了她的声音。人们都沉默了，不知道失去歌声的露丝将怎样面对生活。可是在她31岁生日的前夕，人们照常收到了她的邀请。那一天，来的人极多，院子满了，院墙外也挤满了人，都是小城善良的人们，他们来为露丝祝福。音乐依然，舞蹈依然，露丝卧在一张躺椅上，只有眼睛还能艰难地眨着，只有心还能激情地跳动。人们在她的眼中看出了微笑，看出了温暖，看出了一种蕴敛的对生活的热爱！

露丝最终没能跨过31岁的门槛。送葬的那天，小城里认识她和不认识她的人都来送行，陪这个美丽的女子走完最后的一段路。在她的墓碑上，刻着这样一段话：

"不能跳舞就弹琴吧，不能弹琴就歌唱吧，不能歌唱就倾听吧，让心在热爱中欢快地跳跃，心跳停止了，就让灵魂在天地间继续舞蹈吧！"

感悟

不能跳舞就弹琴吧，不能弹琴就唱歌吧，不能唱歌那就倾听吧。美丽的露丝用她的坚强与乐观奏响了生命最后一曲赞歌，我们听到了她对生命最大的尊重。

生命不打草稿

思想者

在学书法的时候，我曾经听我的一个老师讲过这样的一个故事：

有一个书法家教学生练字。有一次，一个经常用废旧报纸练字的学生反映，自己已经跟着书法家学了很长时间，可一直没有大的进步。书法家就对他说："你改用最好的纸试试，可能会写得更好。"

那个学生按照书法家说的去做了。果然，没过多久，他的字进步很快。他奇怪地问书法家是什么原因。书法家说："因为你用旧报纸写字的时候，总会感觉是在打草稿，即使写得不好也无所谓，反正还有的是纸，所以就不能完全专心；而用最好的纸，你会心疼好纸，会感受到机会的珍贵，从而全身心投入，也就比平常练习时更加专心致志。用心去写，字当然会进步。"

真的，平常的日子总会被我们不经意地当做不值钱的"废旧报

纸"，涂抹坏了也不心疼，总以为来日方长，平淡的"旧报纸"还有很多。实际上，这样的心态可能使我们每一天都与机会擦肩而过。

生命并非演习，而是真刀真枪的实战。生活其实也不会给我们打草稿的机会，因为我们所认为的草稿，其实就已经是我们人生无法更改的答卷了。

把生命的每一天都当做那最好的一张纸吧！

感悟

生命不能虚度，因为生命的每一分钟都是宝贵的。在有限的生命中，一分耕耘就会有一分收获，浑浑噩噩地生活只会浪费自己的青春。

不必为勇敢道歉

徐明杰

为了迎接全国大学生英语演讲比赛，学校举行了一次预选。预选赛上高手云集，他们慷慨激昂的发言使整个比赛精彩纷呈，高潮迭起。然而并不是所有的参赛者都表现得光彩夺目，其中有一个男孩就出现了严重的错误。

可能是由于紧张，男孩上台时手有些发抖，他不时用眼睛观察评委老师们的面部表情，似乎想从中寻求一些鼓励和帮助。可以看出他在努力克制自己的情绪，但紧张就像挥之不去的烟雾，笼罩着这个第一次参加英语演讲比赛的小伙子。其实他漂亮的音色和耐人寻味的话题已经吸引了评委和全场的观众，但是就在这个时候，他因为紧张而忘词了。

那一瞬间整个世界仿佛都成为了真空，原来滚瓜烂熟的稿子他居然一个字也想不起来。由于沉默时间太久，观众席中响起了嘘声。没有办法，他只有向评委老师请求再次开始。然而上帝和他开了个不大不小的玩笑，在同一个地方，他又忘词了。他无助地看着所有观众，脸憋得通红，可是最终他还是没有想起来该说的话，只有轻轻地道了一声"sorry"，默默地走下讲台。谁都可以想象出当时他心里有多么难过，他对自己又是多么失望。

比赛没有因此受到什么影响，其他选手依旧慷慨陈词。只有那个男孩坐在选手席的角落里默默地翻看自己的稿子，就是这篇他修改了十几遍、倾注了他心血的讲稿，从此再不会被别人听到。也许是他的表现和参赛前对自己的期望反差太大，也许是男孩的自尊心太强，他的脸上写满了沮丧。他没有想到。自己的第一次演讲竟以这样的结局而告终，他似乎体会到万念俱灰的滋味。

不久，所有参赛选手都结束了发言，除了没有完成比赛的男孩，每位选手的得分都已公布。在一片热烈的气氛中，产生了代表学校参赛的三名选手，所有人都把掌声和羡慕的目光献给他们。此时，男孩的心情却沮丧到了极点，比起台上的成功者，他觉得自己像是出现在比赛中的小丑。那一刻，他告诉自己再也不要参加这样的活动了，自己根本不是这块材料。

这时，英语教研室的阎教授，一位备受同学爱戴的中年学者走上讲台对此次比赛进行总结。他称赞了胜出的同学，指出了其他选手需要改进的地方，行对大家的英语学习提出了更高的希望。这一切，男孩听起来是那么刺耳，他害怕阎教授会提到自己，他真想逃掉。

可是就在这时，他听到了这样的话语："在人的一生中，一些偶然因素经常让我们对自己失望，但是我们不能放弃希望。偶尔的缺憾和能力无关，它代表的只是经验的欠缺。我们总是把一次成败看得很重，但我们应该知道，我们还有很多机会。给予一个机会可以给失望的人一束阳光，抓住每一次机会，也许就能改变你的信念和生命。我的话讲完了，哪位同学有话要说吗？"

男孩当然知道，此时该说话的正是自己。他抬起头，正碰到阎老师期待的目光。在所有人的注视下，那男孩终于鼓足勇气站了起来，他用他最坚定的声音说："我对我的失误感到抱歉，但是我是否有机会再来一遍？"

"当然可以，而且你不用为自己的勇敢而道歉。"

所有人都表现得那么友善，静静地为这个男孩当着额外的观众。放下了一切包袱，这一次男孩的表现真是太好了，那篇倾注了他几个星期心血的讲稿感动了每一个人。带着一份昂扬，他近乎完美地完成了演讲，整个过程中，观众不断为他报以掌声。很

多人对他以前的失误甚感惋惜。在结束的时候，男孩的眼睛有些湿润，他说："十几分钟前我还认为我的这篇讲稿不会再有任何一个听众，我也陷入自卑的低谷，但是现在我又重新找到了自信。而这一切都要感谢阎老师给予我的机会，感谢所有倾听我演讲的朋友。"

其实那个男孩就是我。我至今还记得阎教授说那段话时我激动的心情，那个额外的机会真像一束阳光，驱散了我心中的所有阴影。我也很庆幸当时自己勇敢地把它握在了手中。人不能因为失误而丧失希望，只要你敢于站起来把握机会，成功就离你不远。虽然那次我最终也没有参加全国比赛，但是我所获得的感悟让我终身受益。

感悟

人应勇于面对自己，面对失败。勇敢是力量的源泉，奋斗的基石。敢于直面失败的人才能抓住身边的机会，所以不要屈服于困难与挫折，不要因一次失败而放弃希望，鼓足勇气迎难而上，那么，一切问题都会迎刃而解。

用半截声带说话

杰克·克户格曼

在 1989 年，医生发觉我患了扩散性喉癌，为我动手术。手术十分成功。只有一个问题——割除时，要切除的部分比最初估计的深得多，我右边的声带只剩下一小截。

我大受打击。癌魔虽然被消除，但我几乎连低声说话的能力都丧失了，而我一直靠说话为生，在舞台上、电视上都是如此。第一个到医院探望我的朋友，是东尼·兰德尔。我们合作演出已有 30 年了。

他安慰我说："你会好起来的。"我用手势表示，失了声让我十分沮丧。这时，他很认真地说："杰克，你如果要恢复工作，我会安排，这不是开玩笑。"东尼素来言而有信。我开刀后过了三年，听说有些小报准备发表报道，说我命在须臾。这纯粹是虚构，我虽然没想过东山再起，但癌症的确是被我击退了。我决定接受电视台采访。发声专家兼歌唱老师加里·卡托纳知道了，便和我联络。

他说："我也许能够帮助你。"之后4个月，我致力于做些奇怪而剧烈的练习。加里说，只要我左边的声带够强劲，或许可伸展过去，搭上右边声带的剩余部分。这对我来说有如科幻小说，但过了一段时间后，我的确听到自己微弱的声音了。

电话似乎通灵，这时响了起来。"杰克，我是东尼！你知道吗？要是我们能够在百老汇演出一场《难兄难弟》，就可以替国家演员剧场募得100万美元。"这剧场是他的心肝宝贝，但那时我还是说话艰难，就叫他别指望了，随即挂断电话。

我跟加里谈到这件事。他说："告诉东尼，4个月后你就可以和他同台演出。"

我向来不想显得软弱经不住打击，我渴望恢复演艺生活，也知道东尼努力为我打气。那4个月我不断吸气，锻炼声带，进展不错。难以听到的低语慢慢变得较为响亮，又慢慢变成了声音。

演出的日期来临了。

我在后台等待，一颗心怦怦乱跳。到我出场了，我说了第一句台词，听见观众在座位上挪动。

我虽然开麦克风，但听不见自己的声音，我不禁惊慌失措，心想：天啊，我是怎么盘算的？还有两个小时怎么挨过去？

我双腿发软，勉强站着。警察默里问我吃的是什么，我回答："三明治，有褐色的，有绿色的。"

他问："绿色的是什么？"

"要不是很新鲜的干酪，就是很不新鲜的肉。"观众确确实实笑了起来。显然，他们听见我的声音了。

东尼这时在舞台的另一边。我看见他眼睛闪出喜悦的光芒，也明白他的意思：加油，加油！我早知道你办得到。那两小时的演出，我赢得了最初演出时赢得的所有笑声。东尼一直在我身旁，做我的精神支柱。我永远不会忘记这份情谊。

剧终时，观众为我们起立欢呼了两分钟。落幕后，舞台经理说："你们听到没有？"

观众仍旧站着鼓掌，要求再次谢幕。我们忍不住哭了起来，他们也哭了。那是百老汇真情流露的 7 分钟。

在演出后的派对上，东尼见人就说我是"世上最勇敢的混蛋"。那一夜是我一生中最美妙的一夜。东尼给了我新生。

感悟

有一个人，在我们成功的时候他可以和我们一同分享快乐，在我们经历苦难的时候，他又像冬日的阳光一样给我们带来温暖，支撑着我们迎接挑战，这个人就是——朋友。

百折不挠

鲁先圣

百折不挠是个很一般的词汇，几乎上过几年学的人都能正确解释它的含义。但是，在人的一生中，能够自由驾驭这个词汇的人却微乎其微。绝大多数的人，正是在这个词汇面前跌倒了，从而使自己成了一个普通的人间过客。

有一个人，以他自己的经历，给我们提供了有力的证明。

他22岁时，做生意失败。23岁，他竞选州议员，又失败了。24岁时，他重操旧业继续做生意，又赔得一无所有。26岁时，他的情人不幸死去。27岁时，他的精神完全崩溃。几乎住进疯人院。29岁时，他再次竞选州议员失败。31岁时，他竞选国会议员失败。39岁时，他竞选国会议员再次失败。46岁时，他竞选参议员失败。47岁时，他竞选副总统失败。49岁时，他竞选参议员再次失败。

这个人在51岁那一年竞选总统成功，成为美国历史上与华盛顿齐名的最伟大的总统。这个人就是亚伯拉罕·林肯。

林肯给我们的启示是：失败了，跌倒了，重新再来。事实上，这才是真正的百折不挠。百折不挠最完美的注脚是，无数次失败之后的再一次尝试就是伟大的成功。这也是成功的唯一秘诀。

我们许多人之所以总是与成功无缘，原因就是失败了几次，甚至一次，就对自己的能力产生了怀疑，丧失了自信心，就回到原路上去了，在人生中便只有失败这一个定义了。

而相反的是，失败是成功的基石，所谓失败是成功之母便是这个意思。成功，正是由无数次的失败连接起来的。

虽然在人生的近处站满了失败，但所有的努力必然都从失败开始。一个人如果认识不到这一点，便是一个平庸的人。成功在人生最遥远的地方。

人生的哲学就是这样，你失败了一次，它便告诉你这个地方你走过了，小要再重蹈覆辙，你应该换一条路去走。当你换过无数次之后，成功的坦途就已经铺到你的面前了。

感悟

读罢文章，在感叹之余，我们也被林肯"百折不挠"的精神所折服。榜样的例子使我们明白了，所有的成功都是从失败开始的，它激励着我们前进。将失败的苦恼抛向身后，去迎接下一个挑战吧！

抬起头来

陈鲁民

有个女孩儿，从清华大学建筑学院毕业后，顺利拿到美国哈佛大学研究生院的录取通知书。可是，没想到一切都准备好了，却在美国大使馆办理签证时连续两次被拒，女孩儿很伤心，躲在宿舍里哭。

一个要好的同学劝她，为什么不找个咨询公司帮忙，挺灵的。女孩儿动心了，找到一家叫"信心"的咨询公司。公司只有三个人，老板加两个助手。老板把女孩儿拿来的签证材料看了一遍说：你的材料没问题。又让女孩儿详细介绍了两次被拒绝的经过，女孩儿细声细语地讲着，眼睛低垂，头也低着，不敢与老板对视，老板听着听着，打断女孩儿：不要说了，你的毛病就在这儿。

原来，女孩儿性格内向，不善与生人交往，一说话就脸红，还老爱低眼垂眉的，给人一种没有自信的感觉。老板很有经验地对女孩儿说：你在我们公司主要就训练三项内容：抬起头来，眼睛平视，大声说话。

于是，两个星期里，那两个助手什么也不干，就想方设法让女孩儿养成抬起头来与人平视的习惯，并训练她大声说话。

第三次签证，半是习惯，半是刻意，女孩儿始终高昂着头，眼睛直盯着那个签证官，侃侃而谈，应对如流，从容不迫。那个签证官狐疑地看着前两次的拒签记录，嘴里嘟嘟囔囔地说："不自信，吞吞吐吐，不敢抬头"好像完全不是说的这个女孩儿。最后，他微微一笑："你很优秀，看不出有拒绝你的理由，美国欢迎你。"整个过程只有 5 分钟。

这个女孩儿就是我的女儿，现在在美国哈佛大学建筑学院读书。

感悟

　　作者用自己女儿的亲身经历表明了自信的重要性。自信是一个人形象气质的最佳表现，也是一个想要成功的人的必备素质。假若你的心是强大而自信的，你的行动就会跟随你的思想，变得从容而镇定。

痴　　爱

李　红

　　年纪还小的时候，看哥哥一本又一本地搜集画册，流连画摊，而一身的衣衫总是前年再前年的，没有钱去买衣服。不知这份狂热持续了多少年，哥哥终于丢了画笔。

　　这不是真正的痴迷，不是一种刻骨铭心的追随。爱一样东西，就不要考虑它是否会带来名利钱财，不要期望惊人醒世，甚至要甘于一贫如洗，一生潦倒。

　　真正的痴迷，和生命是一体，放到水里它不会沉沦，放归天空它不坠落，丢进沙漠，它依然顽强地放出光辉。迷到这般程度，九死不悔，耗尽精血，这，就是一种幸福。

　　有位朋友，喜好飞机的设计、制造。有一天，我在他的窗台上看到一个断翼的塑料模型飞机，忍不住嘲弄他，他却心疼地拂拭着那断翼说："这是我拥有的第一架飞机呢。"那竟是他童年的玩物。再看，那果绿色机身依然崭新。不知那断翼里深藏着他多少美丽的梦，寄托着一份怎样的情感？

　　而航空杂志他从不去订阅的，只是估计到了日期去买。问他何故，他说"订阅固然好，但去买心里常存着一种牵挂，一种召唤。"

　　真爱是伪装不来的，它深藏在你内心最静谧的一角。在沉寂的长夜，辗转反侧的时候，它们总在一些不经意的时刻撞疼你麻木的心灵；在你最感枯涩无味的时候，情绪败落时支撑那伤心的日子，织就一副多彩的人生。

牵念一件东西像牵挂一个人，只要默默地将它寄存在心灵深处，只要去爱，哪怕为此而心力交瘁，魂萦梦牵。

像我这样以吃穿住行为本的俗界的人，也许为着生活所累，知识所困，能力所限，大的超脱也许不能够，但总有些小小的超脱吧。不是依附于空洞的想象，无事的闲聊，而是在一些平凡的东西上。

比如三毛，写过一本《我的宝贝》。她平生浪迹天涯，也追逐过一些华丽、堂皇的东西，然而，真正在天涯外捡拾到一些红灯笼、顽石、小刀、头饰等一些古朴的小玩艺儿时，她心里的那份惊喜竟然是拥有了一个大大的世界。拾荒竟能拾出一本书来。

前日我去了趟乌苏附近的一个小县城。那并非文化名城，却长远地居住着一些回族居民。在一个名不见经传的首饰店中，见到一对时髦的年轻人，捧着四个玲珑晶莹的银匙，要求打换成戒指、项链。等我要过那银匙看时，寸长的匙把上雕着花纹、图案，至少是几个世纪以前的东西了。也许他们的祖辈已保存了很多年了，在贫穷的时候不曾变卖它，却要由自己的儿孙在富裕的时候糟蹋了。

心里有种隐隐的疼痛。

我默默祈祷苍天，在我们这些渺小平实的生命中注入一份朴实无华的爱吧，一沙，一石，一瓶，一陶；让我们寄一份真情于小小的物品中，因为它丰富了我们的心灵。

感悟

有一种财富，算不得贵重，却在我们心中珍贵无比。在记忆的长河中，偶然间的一回眸，就会触动心灵深处的那根心弦，铮铮作响。梦想深处的那份执著与爱，如花，悄然绽放，如雨，润物无声。

屡战屡败

胡喜盈

我们出国考察团完成考察任务后，顺便去泰国旅游3天。刚到泰国第一个景点，就有一位素不相识的泰国男子扛着摄像机主动追随我们拍摄。他跑前跑后，忙活不停，一件短衫全给汗水湿透：大客车开往下一个景地，他骑着摩托车随车追赶；就餐时，他又马不停蹄地抓拍干杯、灌酒、逗趣等热闹场面；到了宾馆，他就在房间里拍同事们下棋打牌唱歌闲聊之类的生活场景……问他为何要拍？拍了干啥？他只笑不答。第二天一早，他骑着摩托车已等候在宾馆大门口。

3天很快过去，在我们将要离开泰国的前一天晚上，那位摄像师又来了，他把加工整理好并配有音乐和中文解说词的两盒成品光碟送到宾馆。一放，哇，太精彩了！13天来我们旅途中的热闹欢快场面一一再现荧屏，除了集体场景，每人都能从中找到几组自己的特写镜头。

他的开价是两盒一套1 200元人民币，还价还到1 000元。众人合计一下午如买下一套回去复制，每人只分摊三十多元，领队决定买下。凑钱时，有几位同事还是嫌太贵，想再便宜些，但摄像师却一分钱也不肯再降了。我们问他："这笔生意如果谈不成，你这3天不是白干了么？"他说这次白干，下次他还会接着再干！前后僵持了约 20 分钟，还是没谈成，摄像者走了，从此再也没露面。

临上飞机前，领队还是托人找到了那位摄像师，花 1 000 元买下了两盘光碟。

我想：这位摄像师是条汉子，当他认准一个目标后，不管成功与否都执著地投入，他始终坚信自己的劳动是有价值的。最后，他以自己工作的质量去商谈报酬，如不成功不要紧，擦掉重来。

回国后，我在工作中也多次遇到过像泰国摄像师一样的境遇，有时甚至是一连几个月的心血付诸东流，可只要想起那位泰国摄像师我就不会气馁，一次次在挫折中磨炼自己。正应了那句话：当屡战屡败之时，唯一要做的，就是屡败屡战！

只要去"战"，必定会有成功的机会！

感悟

法国著名作家大仲马曾说过："一两重的真诚，等于一吨重的聪明。"脚踏实地地做事，才不会在大千世界中迷失自我，才会赢得他人的信任和肯定。真诚和执著是永不贬值的精神财富，帮助我们在人生中收获幸福、成功和爱。

女 儿 渡

黄 维

我和我的女友在江南水乡坐过一回渡船。那一回有一个孕妇躺在船上，垫一床花被，盖一床花被，一个老妈妈和一个男人守在孕妇身边。

船往远处的市镇摆去，孕妇要分娩了，苦不堪言，痛不堪言。她边喊疼边说："妈妈啊，干吗要生我是个女儿身?!"她折腾着、挣扎着，说："我下辈子再也不要做女人了，做女人受罪啊！"老妈妈抓住她的手，男人也抓住她的手。老妈妈叫她别喊，省点力气，孕妇就痛苦地呻吟着。船公轻轻地摆渡，清清的河水轻轻地托着船。女朋友受惊吓似的，不再敢依偎我。

仅仅是一会儿，孕妇受不了这阵痛，又喊叫了起来，她对着丈夫说："你害苦了我！"旁边的男人叫二狗子，是她的丈夫。男人做错事一般，替妻子抹抹汗，妻子一口咬住他的手，不再喊叫。男人的手有血渗出，他也不说疼。到岸了，我们也帮忙送去医院并在产房外陪着守候，听说她分娩了才离去。她生了个女儿，分娩时休克过去。女朋友没见过这一幕，她说："维，我们结婚不要孩子好吗？"她是被吓怕了。

几天后我们又坐这条渡船，我向船公打听那对母女回来了没有。船公问我哪对母女，我说就是几天前在船上喊做女人受罪的那位女人，她生了个女儿。船公说昨天刚回，一家子可高兴了。船公向我描述了这幅景致：

那女子抱着女儿，说："丫头好哩，长大了帮妈妈洗衣做饭，再长大了，就嫁出去当妈妈。"她丈夫说："还好哩，你记得在船上要生时你是怎么说的？"女子问道："我怎么说了？"男人就学着她的腔调，说："你害苦了我！"

女子说："我说的吗？我不可能这样说。"女子否认了，看上去女子又幸福又满足。女子说她丈夫："是不是你瞎编的？"男人就叫船公作证。

我问船公："你作证了？"船公说："作啥证啊，女子都这样，出去时还是女儿，叫苦连天，回来时当了妈，幸福得什么都忘了。"船公又说："要不，怎么叫女儿渡啊！"

女儿渡，妙极了，这一个来回，一个女子就脱胎换骨当了妈妈。

不久，女朋友生日，她带着我从城里回到她乡下老家，和她妈妈一起过。她对妈妈说："谢谢您，妈妈，谢谢您给了我生命！"我为之激动。过后我问她，以前为什么没有谢过妈妈，她说在女儿渡上，才知道妈妈生她不容易。她轻轻伏在我的肩头，悄悄说，结婚后我也要生个孩子，因为当妈妈幸福。

感悟

婉约细致的山水江南，轻巧灵秀的江南女子，竟赋予这渡口一个如此风情万种的名字——女儿渡。一湾清浅的湖水，一只玲珑的小船，在人生的渡口中来回摆渡。出发时满载着无限的希望，回归时，满载着喜悦和甜蜜。

在生命的低谷中演绎神话

蒋二彪

他颈椎以下的部位全部瘫痪，四肢已经变形、僵硬、泛黑。在木床上躺了近三十年的身体，只有头部还听使唤。但他还是庆幸自己能拥有一天又一天。

他叫林豪勋，台湾东卑南人。他28岁那年无意中从二楼摔下，造成颈椎以下全身瘫痪，这突如其来的灾难打乱了他的人生布局，使他的生命顿时乱了谱。

卧床的头两年，林豪勋几乎绝望。姐姐告诉他："自怨自艾只不过是在践踏自己。真正的男子汉应该有勇气开创未来。"他的心灵因此受到了很大的触动。

1990年底，朋友送他一台淘汰的286电脑。从此，林豪勋开始成为"啄木鸟"——他躺在床上，咬着加长的筷子敲击键盘。尽管门牙咬得缺了半截，舌头经常磨破皮，但他仍然顽强地在电脑上"啄"着生命的乐章。

　　他搜集了 5 000 个单字，整理了当地卑南部落 260 户族谱。接着又编写了工程浩大的《卑南字典》，以 16 个子音、4 个元音完成了 5000 个族语的记录。1993 年接触到电脑音乐后，便又以饱满的热情投入到创编卑南族古老歌谣之中，他多次成功举办怀乡歌谣演唱会，还在台湾省巡回演出，甚至远赴日本、加拿大等国演出。他还完成了气势磅礴、深富意境的第二张个人计算机音乐专辑。

　　他的毅力和精神让很多人湿了眼眶，他也因此获得杰出残疾人士金毅奖。

感悟

　　命运的不幸并没有击垮林豪勋对生活的信念，他凭着一张嘴、一根竹筷和一台电脑，顽强地敲响了生命新的乐章。其实人生就是这样，无论你身处低谷还是站在山巅，只要心中春风洋溢，人生的任何一个时候都是你最美的春天。

抓紧一截树枝

崔修建

那里曾是西部极为闭塞的一个小山村，令人难以想象的极度贫穷，曾几乎毁灭了村民们所有的梦想，他们似乎已习惯了世代忍受那样的贫困，似乎已看不到改变命运的任何希望了。

但在上个世纪80年代中期，一个叫王琼的志愿者来到了那里。年轻的女孩面对那骇人的愚昧与落后，费了许多口舌去开导教育他们，但收效寥寥。后来，王琼向村民们讲了下面这个小故事：

有一种跟麻雀差不多大小的迁徙鸟，每年都要飞越几万里的太平洋，往返自己地处两个大洲的家园。而它们都不是飞行的健将，飞不了多远，它们就必须要停下来歇息一会儿。

那么，它们凭借着什么跨海越洋的呢？

办法很简单：它们只需口衔一截树枝，就自信地上路了。飞累了，就把树枝扔到水面上，落在树枝上休息；饿了，便站在树枝上捕鱼；困了，便抓紧树枝，在起伏的波浪间打盹儿……浩瀚无际、风云变幻的几万里之遥的太平洋，就那样被它们从容地甩在了身后。

王琼在讲完这个小故事后，做了这样特别的启示："坚定的信念，加上追求的勇气和智慧，便诞生了奇迹。其实，每个人都可以像这种小鸟一样，你们也不例外。"

仿佛一把熊熊烈火，骤然照亮了村民们的心田。奇迹由此发生了——此后的二十年间，那个不足千人的小山村，先后考出了二百多名大学生，其中有三十多位如今已是国内外知名的教授、学者和多个领域的佼佼者，那个小山村也已成为西部有名的富裕村了。

　　这是著名的旅美学者张千树在接受记者采访时讲述的一个小故事。他还满怀深情地向记者道出了自己对此的人生感悟："有些成功其实很简单，只需瞄准梦想的远方，抓紧一截信念的树枝，然后在顽强的努力中注入坚定不移的执著，就一定会穿越所有的风雨，跨越所有的屏障，抵达理想的彼岸。"

　　没错，抓紧一截信念的树枝，也许就会拥有一片郁郁葱葱的森林。世间的奇迹，往往诞生于那些毫不起眼的细枝末节中。

感悟

　　人不仅在身体上有脊梁骨，在精神上同样有脊梁骨，那就是我们的信念。生活中有许多貌似无法克服的困难，但是只要有信念在，就有希望在。抓紧一截生命的树枝，就能超越自我，创造奇迹。

只要行动，就有奇迹

柳小洪

曾亲眼目睹两位老友因车祸去世而患上抑郁症的美国男子沃特，在无休止的暴饮暴食后，体重迅速膨胀到了无法抑制的地步，直线逼近两百公斤。当逛一次超市就是以让沃特气喘吁吁缓不过劲儿时，沃特意识到自己已经到了绝境，再这么下去，迟早要完蛋。绝望之中的沃特再也无法平静，他决定做点什么。

打开年轻时的相册，里面的自己是一个多么英俊的小伙子啊。深受刺激的沃特决定开始徒步美国的减肥之旅，迅速收拾好行囊，沃特带着接近两百公斤的庞大身躯出发了。穿越了加利福尼亚的山脉，走过了墨西哥的沙漠，踏过了都市乡村、旷野郊外……整整一年时间，沃特都在路上。他住廉价旅馆，或者就在路边野营。他曾数次遇到危险，一次在新墨西哥州，他险些被一条剧毒眼镜蛇咬伤，幸亏他及时开枪将其打死。至于小的伤痛简直就是家常便饭，但是他坚持走过了这一年。一年后，他步行到达了纽约。

他的事情被媒体曝光后，深深触动了美国人的神经。这个徒步行走立志减肥的中年男子被《华盛顿邮报》《纽约时报》等媒体誉为"美国英雄"，他的故事感动了美国。不计其数的美国人成为沃特的支持者，他们从四面八方赶来，为的就是能和这个胖男人一起走上一段路。每到一个地方，都会有沃特的支持者们在那里迎接他。

当他被美国收视率最高的节目之一《奥普拉·温弗利秀》请到现场时，全场掌声雷动为这个执著的男人欢呼。出版商邀请他写自传、电视台为他拍摄专辑……更不可思议的是，他的体重成功减少了50公斤，这是一个多么惊人的数字！

许多美国人称沃特的故事令他们深受激励，原来只要行动，生活就可以过得如此潇洒。沃特说这一切让他意外："人们都把我看做是一个美国英雄式的人物，但我只是一个普通人。现在我意识到，这是一次精神的旅行，而不仅仅是肉体。"他的个人网站"行走中的胖子"，吸引了无数的访问者。很多慵懒的胖子都开始质疑自己："沃特可以，为什么我不可以？"

徒步行走这一年，沃特的生活发生了巨变。从一个行动迟缓的胖子到一个堪比"现代阿甘"的传奇式人物，沃特用了一年，他收获的绝不仅仅是减肥成功这么简单。放弃舒适的生活，做一次人生的改变，人人都可以做到，但未必人人愿意行动。所以，沃特成功了。

你也是，只要付诸行动，没有什么不可以。勇敢行动起来，创造自己生命的奇迹吧。

感悟

　　我们经常下各种各样的决心，但真正付诸行动的却少之又少。工作繁忙，琐事缠身，心情不佳等种种原因都会成为我们的借口。从今天起，别再抱怨、别再犹豫，确定目标后勇敢、果断地行动，我们就会创造出一个又一个奇迹。

高贵的心灵是不沉的方舟

王 飙

像行驶在滚滚江河里的航船无法躲避浊流和旋涡一样，我们的心灵在现实的生活里也无法躲避庸俗的缠绕。曾经有过多少燃烧着渴望卓越之火的灵魂，却在人生的岁月里被庸俗的浪花溅湿了理想的柴薪，窒息了进取的烈焰。但那些无论在任何境况下都不愿失去自己高贵心灵的追求者，却如乘着永不沉没的生命方舟一样扬帆前进，任凭那庸俗的浊流在舟底暴涨翻卷。

高贵的心灵也许并不鄙视庸俗，就像高贵典雅的兰花不会鄙视善于献媚邀宠的月季，但高贵的心灵绝不会在庸俗的泥淖中沉沦。

高贵的心灵也许会在岁月里与庸俗乘坐同一班列车，就像美丽的天鹅与丑陋的野鸭，在迁徙的途中会在同一个湖泊里歇息。但细细地倾听那湖面上晚风送来的阵阵夜歌里，恐怕没有一个人会把天鹅动听的声音当成嘶哑的鸭鸣。

高贵的心灵也许会与庸俗穿着同样色彩和式样的衣服，就像同一条藤上开放的争奇斗艳的花朵，但庸俗却如那随风飘落后陷于虚空的黄花，而高贵的心灵却将是硕果累累。

高贵的心灵也许常常会被庸俗所嘲笑，就像不修边幅的大学者常常会受到披金戴银、一身名牌的人鄙视一样。但高贵的心灵不会去寻求庸俗的赞美，而是在庸俗的嘲笑里保持着自己的清醒和独立。

高贵的心灵植根于生命的大智大慧，而庸俗却产生于愚昧无知；高贵的心灵常常感受到的是自己的卑微，因此，他总是养护好自己胸中的浩然之气以保持自己人格的完整；而庸俗却处处表现着自己的不可一世和"小聪明"……

因此，当有人拿一块硕大明洁的美玉私下去贿赂宋国的宰相子罕时，遭到了子罕的拒绝。贿赂之人还以为子罕不识货呢，就对他说："这块玉可是经玉匠鉴定过的价值连城的稀世之宝啊！"子罕却掷地有声地答道："我以不贪为宝，而你以玉为宝，我们俩都应该各安其宝啊！"好一个"以不贪为宝"，这不正体现着一个人的高贵心灵吗？在这样高贵的心灵面前，任何财宝都为之黯然失色！

高贵的心灵之所以高贵，正是因为它虽被庸俗所包围或缠绕，却不会被庸俗所污染。

高贵的心灵是永不沉没的人性的方舟，任凭庸俗的流水泛滥横溢，它永远都将保持自己的高度！

感悟

高贵的心灵不羡华服，亦不羡美玉，它拥有的是足以使天地为之动容的浩然正气，它的风采并不会随着岁月流逝而消失，反而会在风霜的磨砺中愈加绽放出生命的华彩，流溢出璀璨的华章。

35 个紧急电话

孟晴潇

一天下午，在日本东京奥达克余百货公司的电器部，售货员正在彬彬有礼地接待一位欲买唱机的女顾客。售货员按她的要求为她认真地拿出一台未启封的"索尼"牌唱机，她满意地付账离去。

顾客走后，售货员在清理善后事宜时发现，刚才错将一个空芯唱机样品卖给了那位女顾客，于是赶紧向公司报告。警卫四处找那位顾客，但不见踪影。经理接到报告后，觉得此事非同小可，是关系到顾客利益和公司信誉的大问题。

经理于是马上召集有关人员研究寻找办法。当时他们只知道那位女顾客是一位美国记者，叫基泰丝，还有她留下的一张"美国快递"公司的名片。据此仅有的线索，奥达克余公司公关部连夜便开始了一连串近似于大海捞针的寻找。

先是打电话，向东京各大旅馆查询，毫无结果。后来又向美国打紧急长途，向纽约的美国快递公司总部查询。美国方面也展开了"紧急调查"。近凌晨奥达克余公司才望眼欲穿地接到美国方面的电话。在得知基泰丝父母在美国家里的电话号码后，他们马上将电话打到基泰丝的父母家。老人以为女儿出了什么大事，刚开始一阵紧张。听完日方善意的"调查"后，很感动，愉快地将基泰丝在东京的住址和电话号码"透露"。几个人整整忙了一夜，国际国内总共打了 35 个紧急电话。

为了表示歉意，奥达克余公司一大早便给还未起床的基泰丝打了一个万分歉意的电话。几十分钟后，奥达克余公司的副经理和提着新唱机皮箱的公关人员赶到了基泰丝的住处。

他们除了送一台新的合格的"索尼"唱机外，又加送畅销唱片一张，蛋糕一盒和毛巾一套。接着副经理便打开了记事本，宣读了他们从发现问题到怎样通宵达旦查询她的地址及电话号码，并及时纠正这一失误的全过程记录。

基泰丝深受感动，没想到奥达克余公司及时纠正失误如同救火，为了一台唱机，花费了这么多的精力。待他们走后，她马上写了一篇题为《35 次紧急电话》的特写稿，稿件见报后，反响强烈，奥达克余公司因忠诚为顾客而声名鹊起，门庭若市。后来，这个故事被美国公共关系协会推荐为世界性公共关系的典范案例。

感悟

从 35 个紧急电话中，我们看到了日本奥达克百货公司的员工们身上可贵的人性的光芒——坚守着对顾客的一份责任，绝不轻言放弃。这一信念中透着高尚的职业情操，同时也包含了博大的爱心。

敬 启

本书的编选参阅了一些报刊和著作，由于多种原因我们未能与部分入选文章作者（或译者）取得联系，在此深表歉意。敬请原作者（或译者）见到本书后，及时与我们联系，我们将按国家有关规定支付稿酬并赠送样书。

联系方式

地　　址：黑龙江省哈尔滨市香坊区汉水路 110 号

邮　　编：150090

联系人：吴晶

电　　话：0451—55174988